靈界同樂會

第1章
校園鬼話／011

由於我是側著睡的，背靠的那一側是牆，我隱約看見床邊有一個人，沒看見他的下半身，只看見上半身，我一直往上看，發現他穿著西裝大衣，一直看到臉，但看不清，只能看到大約的輪廓，感覺還算清晰，再看他的眼睛，發現他也一直在看我，當時一下心裡就想到：「是鬼！」

● 話不要亂說／012

從眼縫之中，看到的是一個白白的，像線圈一樣的東西在右前方蠕動，又像是掛著一個白色的紙片在飛著，奇怪的是我沒有怕的感覺，只是想著該用什麼方式快點解脫才好……

● 太平間裡的鏡子／015

看著鏡中自己的人影，阿美忘了害怕，興致一來便對著鏡子開始唱起歌來。她一直唱啊唱啊，直唱到了天亮第二天，唱啞了嗓子的阿美被帶了出來，她得意洋洋地對大家說……

● 文化大學鬼話／017

這次他決定一瞧究竟，他從門的通氣孔往外看，就聽見聲音一間一間靠近，當到了自己房門時，他看見一個形體（類似人的形體），一隻手敲著門，另一隻手拿著一個頭，而那個頭隨著敲門的手說著：「叩叩叩……」眼睛陰陰的看著他！

事情大條了！你說好好的一具屍體，會自己跑掉嗎？此時不知誰輕輕的說了一句：「難不成是屍變了？」

在零時零分零秒的時候，學校裡有一面三合鏡。當你站在那三面鏡中間的話，你就可以看將來的你了……

第2章

幽靈出沒生人迴避／083

緊鎖的大門，門縫上貼著張淡黃的小紙條，這是一張符咒。慘淡的黃色，上面寫著鮮血般赤紅的咒文。那赤紅的鮮豔浼涎欲滴，顯得這些字像是剛剛寫上去的，更像是一張黃紙上隨意沾上的鮮血……

滴……滴……宿舍走廊盡頭那個廁所的水閘又壞了，水珠滴落的聲音彷彿由地獄陰間中傳出般，虛無縹緲，打亂了心臟跳動的節奏，直讓人心慌意亂。

兒子慢慢轉過頭來，帶著一臉陰森詭異的笑容輕輕的說：「爸爸，你，不，要，再，把，我，的，頭，壓，到，水，裡，去，喔！」

第3章
誰是鬼魅娘／131

這一剎那我覺得很冷，全身動彈不得，在後面好像有個黑影一步一步地向我逼近，我轉身一看，媽呀！一個五官殘缺女鬼，只有一張蒼白的面孔和一雙目露凶光的眼，她的頭髮很長，還發出陣陣惡臭……

Chapter

1

校園鬼話

由於我是側著睡的，背靠的那一側是牆，
我隱約看見床邊有一個人，沒看見他的下
半身，只看見上半身，我一直往上看，發
現他穿著西裝大衣，一直看到臉，但看不
清，只能看到大約的輪廓，感覺還算清晰
，再看他的眼睛，發現他也一直在看我，
當時一下心裡就想到：「是鬼！」

話不要亂說

　　電視上的靈異節目有時會有「鬼壓床」的事情，我小時候也曾被壓過，也曾聽過客廳外面有奇怪的腳步聲和日曆持續被風吹起的聲音（不過我能確定客廳是不可能有風跑進來的），可是長大搬過家後就沒有再發生過類似的事了。

　　進了交大後，在女生宿舍也不曾被壓，所以晚上看完靈異節目之後，我就和室友說：「嗯，我們宿舍似乎蠻乾淨的哦，我住的這幾年，都沒有發生被壓的事耶！」

　　這個話題並沒有持續多久，大家就各忙各的事，不久就睡了。

　　我是最晚睡的人，因為該念的書沒看完，就繼續看到近三點才上床睡覺。

　　也不知過了多久，我忽然覺得我醒了，可

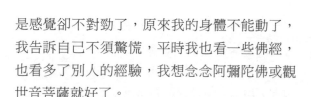

是感覺卻不對勁了，原來我的身體不能動了，我告訴自己不須驚慌，平時我也看一些佛經，也看多了別人的經驗，我想念念阿彌陀佛或觀世音菩薩就好了。

於是，我在心中念了這兩句法號。沒想到，除了身體不能動之外，還更多了「緊縮」的感覺，似乎被緊緊的圈住一樣，很難過。但我不想放棄，就持續地念，但越念緊縮的感覺就越強烈。我忽然想到左手有戴佛珠，應該可以拿來鎮壓一下吧！於是我強迫右手慢慢移到左手去撫摸佛珠，但似乎沒什麼幫助，我只好用力睜開眼。

從眼縫之中，看到的是一個白白的，像線圈一樣的東西在右前方蠕動，又像是掛著一個白色的紙片在飛著，奇怪的是我沒有怕的感覺，只是想著該用什麼方式快點解脫才好。

後來我改念「般若羅蜜多心經」中的咒語，沒想到這股壓力頓時消失了，讓我覺得好驚奇哦！可是這時我才發現我的右手根本沒有伸過去摸到佛珠，因為我的左手抱著小狗狗，而右

手是放在腹部之上,沒有移動過。

　　後來又睡著後,便做了一個夢,在夢中我和室友們睡在一個滿是布幕圍成的地方,我先醒來,和室友說我被壓的事以及所看到的東西,而她也說剛才也有相同的經歷,我們開始覺得恐怖,而後我們似乎又睡了,而夢中的我又再次醒來,我的室友則繼續睡。

　　我覺得房間裡陰森森的很不舒服,我就用力拉開四周滿滿的布幕,好讓陽光照射進來,但在層層布幕之中,我忽然警覺到某一面布幕之後有不祥的東西(我直覺是想到有停棺),就叫了室友起床,而後才知道這房子的主人原來是冤枉而死,沒找到真凶,停屍於此後來我就醒了。

　　我覺得這一切都太詭異了,尤其是發生在我說了那麼一句話之後,好恐怖哦!檢討起來,應該跟我晚上和室友說的話有關係吧!

太平間裡的鏡子

　　有一所醫學院，為了教育出有膽識的學生，規定每一學期的期末考試是讓學生輪流單獨在太平間裡待一個晚上。雖然這種考試看上去不太人道，可是校方卻一直堅持這項傳統。

　　這一回，輪到了一向自稱膽子很大的阿美。阿美在學校裡一向以膽大包天自居，她早就說過不把這種考試看在眼裡了，可是，當校方宣佈今天輪到她時，她還是嚇出了一頭冷汗。畢竟是一個人獨自在漆黑的太平間待上一個晚上啊！還不准點燈。

　　晚上，阿美被帶到了太平間裡，砰地一聲，門被關上了。屋子裡一下子一片漆黑，什麼也看不到。阿美縮在屋子裡的一角，當她想到四周全部都是死人時，她的頭皮頓時一陣陣發麻

過了一會兒,月光照了進來,透過月光,阿美發現太平間的牆上居然有一面鏡子。

看著鏡中自己的人影,阿美忘了害怕,興致一來便對著鏡子開始唱起歌來。她一直唱啊唱啊,一直唱到了天亮第二天,唱啞了嗓子的阿美被帶了出來,她得意洋洋地對大家說這沒什麼了不起的,對自己來說這只不過是一件小事罷了。

大家聽完,都對她的勇氣感到非常佩服。這時,有一個同學問她嗓子怎麼沙啞了?

她說自己在太平間裡對著鏡子唱了一夜的歌,一直唱到早上才不休息的。

這時,大家的臉色驟變,而阿美卻還不解其意沈默了半天,才有一個同學臉色慘白地告訴她:「太平間裡根本沒有鏡子啊!」

文化大學鬼話

　　文化的學生會說，文化就像一間廟，裡面住著大大小小不同的鬼；除了近幾年才完工的大恩館之外，全部都有鬼話。

　　在男生宿舍裡，通常學長都會先跟你說一些故事，例如：五樓晚上打麻將要是超過十二點呀！會多一雙手幫你自摸也不錯；還有什麼通霄熬夜讀書，聽到木工的聲音就當作是催眠曲好了……等等。

　　今年寒假發生了一個故事，據說大倫館五樓以前住僑生，在多年以前曾發生一場血鬥，結果五樓從此就不得安寧，校方不得已只好封了起來，結果今年校方卻以宿舍不足的理由再開放了。但在上學期可能由於男孩子的陽氣旺吧，一直都沒發生什麼事。

　　直到今年寒假，有個沒有回家的學生依然
住在宿舍。一天他玩累了躺在床上休息，突然
聽到自走廊的那端傳來，「叩叩叩……有沒有
人啊？沒人！」

　　一間敲過一間，敲到他那一間時，他因為
疲累也就懶得理他，只覺得為何有人那麼無聊，
晚上不睡覺在敲門。

　　隔了幾天，又一個深沈的夜，他這次坐在
桌前讀書，又聽到那帶點戲謔的聲音傳來，這
次他決定一瞧究竟，他從門的透視孔往外看，
就聽見聲音一間一間靠近，當到了自己房門時，
他看見一個形體（類似人的形體），一隻手敲
著門，另一隻手拿著一個頭，而那個頭隨著敲
門的手說著：「叩叩叩……」眼睛陰陰的看著
他！

　　然後說：「啊——有人！」然後就換下一
間繼續的敲下去，那人當場昏倒在地。

　　在文化大學的所有建築物中，大仁館是格
局最特別的一個館，其形狀為一個八卦式的建
築，之所以會採用這樣的格局，是因為大仁館

的所在地是一個陰陽交界處，因此當時在建館時，便請了設計師將它設計成八卦式的格局，以鎮壓那個地方的陰氣，不過由於在建築時並沒有完全按照本來的設計圖建築，以至於整個格局都亂掉了，而從此之後，大仁館便怪事連連。

其中最為大家熟知的，就是大仁館的鬼電梯，不過由於校方擔心再發生意外，已經將該部電梯封閉很久了。

此外，要是有去過文化的人，只要稍微注意一下就可以發現，大仁館並沒有大門，而只有三個小門，事實上它原本是有大門的，不過後來因為發生了一些奇怪的現象，所以又將大門封閉了。

另外，在大仁館內，有一個大約一個教室大的水池，在水池上有兩座小橋，原本從大門進來時，一定要經過那個水池，後來大門封閉後，校方便將原來的玄關改成舞蹈教室，所以現在那個水池，是到那個舞蹈教室的必經之地，不過該水池的水已經被抽乾很久了，原因大家

想必猜都猜得到，等一下再跟大家說明。

　　現在，我就開始為大家介紹有關大仁館的故事吧！

　　當初文化大學建校時，蔣公受邀到文化參加建校的慶祝活動，活動結束要離去時，就順便和文化的教職員以及一些政府官員約二十餘人，在大仁館前拍照留念，可是沒想到後來照片洗出來後，卻赫然發現照片中竟然有將近五十多個人！但是除了那時一起拍照的二十餘人外，其他多出來的三十幾個人都沒人認識。學校方面知道後，雖然感到很驚訝但是並沒有任何的動作，而隨著時間的過去，大家也都漸漸忘掉了這件事。

　　可是沒想到過了一陣子以後，奇怪的事又發生了……

　　由於陽明山在冬天時常常會起霧，因此文化的校園一遇到起霧時，也是白茫茫的一片，有時候要是霧濃的話，只要遠一點的東西都看不清楚，再加上因為文化的風很大，所以只要一起霧，每個館的大門口都是白茫茫的，從遠

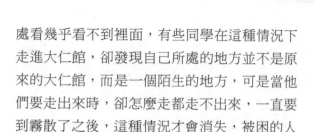

處看幾乎看不到裡面，有些同學在這種情況下走進大仁館，卻發現自己所處的地方並不是原來的大仁館，而是一個陌生的地方，可是當他們要走出來時，卻怎麼走都走不出來，一直要到霧散了之後，這種情況才會消失，被困的人也才能走出來。

這件事經過很多同學向學校反應後，學校便決定將大仁館的大門封掉，以免產生更多的後遺症。從那之後，大仁館便成為文化所有館中，唯一一個沒有大門的館，而只剩下三個小的旁門供大家通行……

至於在大仁館內的那個水池，說也奇怪，它的水深也只不過到人的膝蓋，但是卻曾經淹死過好幾個人，因此後來學校便將水池的水給抽乾，以免再發生意外，而為什麼會發生這種事，據說是因為大仁館是陰陽交界，加上那個水池上還有兩座小橋，酷似奈何橋，所以才會發生這些不幸的事。

曾經有同學不信邪，放了一點水到水池裡去，然後再進去水池裡，沒想到竟然有一股強

大的力量在將他往下拉，還好旁邊的同學發現情況不對，而趕緊將他拉起來，才沒有發生不幸。從此之後，那個水池就變成了一個沒有水的水池，也沒有同學敢再踩到那個水池裡⋯⋯在大仁館內，原本有一臺電梯供大家使用，可是後來因為發生許多奇怪的事，所以校方也以安全的理由將它封閉。

據說在那部電梯還沒封閉前，某天有位同學從一樓要搭電梯到七樓上課，於是他便按下上樓的鈕，電梯到一樓後，裡面並沒有任何人，於是那位同學便進入了電梯。

到了四樓的時候，電梯又停了，門一開，那位在電梯裡的同學發現外面有許多人，其中還有一位是他的同學，可是很奇怪的，那些人只是往電梯裡看了一下，並沒有人進去，讓那位在電梯裡的同學感到很疑惑。

後來到了七樓後，那位同學遇到了剛剛在四樓等電梯的那個同學，於是就問他，哦，你剛剛怎麼按了電梯可是卻又不坐啊？沒想到他那位同學竟然說，你有沒有搞錯啊！整部電梯

滿滿的都是人，你要我怎麼進去啊？

　　那位同學聽了以後，整個人呆了好久……過沒幾天以後，又有一位女同學也是要搭電梯到七樓去上課，電梯到一樓時，也是沒有半個人，於是那位女同學也就走進了電梯。可是沒想到，電梯竟然每一層樓都停，但是奇怪的是每次外面都沒人，而在電梯裡的那位同學，卻感到四周圍越來越熱，而且很悶，最後就因為太悶而昏倒在電梯裡，最後是被同學發現才把她送到學校的醫務室。

　　這件事被教官知道後已經有很多同學向教官反應那部電梯有問題，所以有一位教官便親自去搭那部電梯。剛開始的時候，電梯並沒有任何異狀，教官便在想一定是同學在胡說，因此便按下了一樓的按鈕，準備回軍訓室。

　　可是奇怪的事又發生了，當電梯內的顯示器已經顯示到了一樓時，電梯並沒有停，仍然一直在動，不過大仁館並沒有地下室，這也使得教官感到不對，可是無論教官再怎麼按，電梯就是不停。

　　後來大概經過一分鐘以後，電梯終於停了，可是當門一打開時，那位教官就昏了過去，後來據那位教官說，當電梯門打開時，他看到的景象並不是原來的大仁館一樓，而是地獄裡的奈何橋，學校聽了以後，就將那部電梯給封掉了，至於那位教官，後來好像過沒多久就去世了……

主樓的哭聲

　　我們學校裡的自習室不是很大，所以大家都是拼命地去佔座位，尤其現在到了期末，同學們更是樂此不疲。

　　主樓是集學校辦公室和教師研究室於一身的大樓，所以大家都叫它主樓。它遠遠地避開宿舍，孤單單地立在校園裡，儘管遠但是大家還是要來，因為這裡比較安靜，但是一個人來這裡還是需要很大膽量的，因為高高的主樓裡只有幾個教室，而且分佈得很開，走廊暗暗的，還有那個門上寫著「鬼屋」的房間。

　　那兩個字不知道是誰寫的，是用粉筆寫上去的。好幾年了，不知道是沒有人去擦它還是怎麼的，那兩個字一直就像剛剛寫上去的一樣。

　　因為這裡死過人，一個正值青春的女大學

生，就從七樓跳下去了。

　　下午，王浩來找我出去喝酒，我推辭了，自己躺在寢室，其他人去上網了，我覺得有點昏沉沉的，竟不知不覺睡著了「嗯？」眼前出現了那扇寫著鬼屋的門，「我靠！」我罵了一句。多不吉利！我掉頭要走，但是門卻開了。

　　一股風不知道從哪吹來了，高雄的仲夏氣溫高達三十多度，這樣的風我想應該不屬於現在這個時節吧？我回頭看了看，哦？原來裡面很乾淨的，我進去看見窗戶開著，上面繫了一條白紗巾。風很大它卻沒有被吹動，一直垂著我好奇地仔細看了看，那白紗巾被拉得直直的。我不禁想走過去看看。

　　我繞過課桌，來到窗前，向樓下一看……啊！竟然有一個女孩子吊在那兒！她一隻手拉著白紗巾，另一隻手……啊！她拉住了我的胳膊！我嚇壞了，我拼命地掙脫，但是她的手冰冰的還是那樣有力地握著我！

　　我看了看她的臉那是怎樣的一張臉啊！腦袋一邊深深地凹下去了，右邊的耳朵在流血，

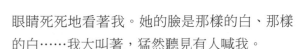

眼睛死死地看著我。她的臉是那樣的白、那樣
的白……我大叫著，猛然聽見有人喊我。

「老五，你怎麼啦？」我一看原來是老大
回來了，我一身的汗，手還在發抖。「怎麼
啦？」老大問我。

「我靠，我做了一個夢，就是你今天中午
說的那個主樓的鬼屋。」我大口喘氣。

「呵呵，不過那是真有其事啊！」老大一
邊倒水一邊說。

「去你的，對了，老大，你說怪不怪？我
可是一次自習都沒有去過啊！就更不用說什麼
主樓了，這是怎麼一回事呀？那個門上寫的鬼
屋怎麼還是倒著寫的啊？」我點了根煙。

「什麼？你怎麼知道那字是倒著寫的？我
今天也沒有和你說過呀？」老大有點吃驚地說。

「是呀！媽的，見鬼啦！」我感覺到胸口
有點悶。

這個時候外面的天色漸漸變黑，下起雨來
了。這幾天南台灣都籠罩在高溫裡，下場雨降
降溫也不錯！我和老大出去吃飯了，回來時我

突然想去主樓看看。

　　大家可能都有這樣的感覺，每天無聊的生活沒有什麼刺激，更說不上什麼有意思了。沒辦法，人都是有好奇心的。

　　我借了把傘，慢慢地走到了主樓。老師已經下班了，主樓裡面除了幾個自習室裡亮著燈之外，很難找到光線。

　　我走進去，「靠！」原來都是感應燈，走廊都是暗暗的，走過去才會亮，我摸索著上了七樓。我竟然遠遠地感覺到從那扇門裡吹出來的風⋯⋯

　　我走向那個門，它在走廊的那頭，我走過去一邊走一邊摸著牆面尋找電燈開關，也希望那該死的感應燈早點亮，快到了，我抽出一根煙，掏出打火機，剛剛才買的新打火機竟然怎麼打也打不著了。這個時候，我知道這次是真的見鬼了。

　　嘿！你知道現在我的感覺嗎？興奮與害怕不斷交錯著，我的心跳也在加速，但我可以發誓當時真的沒有感覺到害怕，儘管有那個夢在

作祟。

　　但是，接下來我真的怕了。外面打著雷，不過雨越來越小了，我知道天該晴了，而且現在還不到七點，天也還不至於黑。可是我走到那間自習室往裡面看的時候，竟然和我夢裡的一樣，一樣的桌子、一樣的白紗巾繃緊拉直著。最讓我恐怖的是窗外的天已經黑了！沒有星星沒有月亮，什麼都沒有！

　　我想走，但是我的腳竟然不聽使喚了！慢慢的我聽見了哭聲和說話聲，我知道這聲音是從裡面傳出來的！說話聲是斷斷續續的聽不清楚，但是哭聲卻是很多人發出來的，好像是哀求也好像是在呼喊著什麼？

　　我聽見了，那是她的同學和老師的聲音，好像是在求她！我發誓我以前從不相信什麼鬼神什麼的，但是這次我卻因為我跑得很狼狽，如果當場測一百公尺短跑我絕對可以跑進十秒！

　　我跑回去，所有的樓竟然都停電了！寢室一間間烏漆麻黑的，我楞住了，我來這裡那麼長的時間第一次遇到學校竟然全部停電！而且

只是我們學校，而外面的超商、網咖還亮著燈呢！

　　我不敢回寢室，我覺得它好像是一座座墳墓！此刻我最擔心的是，今天晚上睡著之後是否又會回到那個夢中？

露營怪譚

　　我是一個童子軍，非常熱衷童軍團的活動，凡是露營活動都不會錯過，所以三不五時就會在戶外過夜。有時露營的地方很偏僻，幾公里外都不見人影，但那只會增加我的刺激感。

　　有一次學校放連假，我們又舉辦了戶外露營活動，這次的營地竟然選在郊外不遠處的墳場附近。

　　身為童軍的我們當然不會在意這些，也沒有刻意去想一些負面後果。一直到接近露營那天早上，從報紙上看到預定要露營的地方剛發生車禍的新聞，而且還是死亡車禍，一對情侶當場被撞死。

　　從照片上看來這真的是一場恐怖車禍，我看得心裡有些發毛，抱怨為什麼會這麼巧。

　　第一天早上，全部的童軍都到齊了，我們是共乘一輛大巴士前往目的地的。在車上大家有說有笑的，都沒有提起報上刊登的這起意外事件，而且有些童軍還不知道。到達後就開始搭起營帳，忙了整日才完成所有工作。

　　這時已接近晚上了，周圍靜悄悄的只有我們這幫人而已。之前我已算過人數，總共有十六個人。所以在吃晚飯時只準備了剛剛好的份量，十六個分散坐在營地範圍內用餐，一切都很正常。

　　沒多久，忽然跑出兩個童子軍來向隊長拿飯吃，隊長很驚訝，明明已分給所有的人了，為什麼這兩個人會沒飯吃，就問他們剛才去了哪裡，兩人異口同聲表示吃飯前看見有對情侶招手叫他們幫忙推車，所以他們就熱心的上前幫忙，但奇怪的是走到前面時卻發現那對情侶不見了，因此他們就回來吃飯了。

　　隊長這時感覺有點不對勁，朝著每個吃飯的童子軍處望去，卻看到有對不尋常的「童軍」組合在遠處吃飯，嚇得臉青唇白連飯也吃不下

了。

　　為了不使大家驚慌失措，只好叫大家快快吃完就去睡覺，再不敢望向那對「童軍」處。

　　為什麼隊長會以「不尋常」這字眼來形容那對「童軍」呢？後來他對我們說，因為他當晚看到他們的其中一個是女子，但我們這群童子軍卻全部都是男生呀！那裡會有女生呢？

　　所以奉勸大家以後出外露營之前，要算好人數及鑑定性別。

夜驚自習室

　　這是我親身經歷的事情，我一直沒有告訴同宿舍的同學，因為這件事太離奇了，就連現在將它講給你聽我也仍是餘悸猶存。

　　我現在還清楚地記得，那是臨近期末考試的一個周五的晚上，我去圖書館閱覽室通宵復習。那天我特別累，加上課本又越讀越不懂，不知不覺就睡著了。

　　不知過了多久，我被一陣冷風吹醒了，向窗外一看，什麼也看不見。空氣中帶著很濃的爛泥巴的腥味，可能是下雨了吧！我抬手看了一下錶，已經是三點多了。教室裡的人已經都走光了，燈在夜色中忽明忽暗地閃著，我便草草地收拾了一下，背著書包準備走人了，剛走到門口，我聽到某間教室裡有翻書的聲音，「都

這麼晚了，誰還這麼用功？不會是我們系裡的那個壯漢吧！」

我想著就走了進去，教室裡黑漆漆的，只有靠窗的那個燈還亮著，燈下的書桌上放著一本書，書頁被嘩嘩的吹動著。

誰這麼冒失？我忍不住走過去看看是不是我們系裡的誰丟的，走到眼前才發現是一本破舊的日記本。

還是走吧！別人的日記最好別看，走到門口時，我忽然想到，窗子明明是關著的，而且我一絲風也沒有感覺到！本子怎麼會翻得嘩嘩響呢？

我不由得慌了起來，該不會是見鬼了吧！平時看過的那些恐怖故事和電影的情形一下子湧現了出來。我覺得空氣中的腥味更加濃重了，還有些刺鼻，幾乎讓人窒息，燈光也抖動得厲害。

我不敢回頭看，只好連奔帶跑的衝到了二樓，這時，我的心才稍微安定了些。拐過樓梯，我發覺樓道裡有一個人影，離我有一二十步遠，

穿著前幾屆的校服。

　　有人作伴了！太好了！於是我快步走了上去，我的腳步很響，可是他一直沒有回頭，走近了，我發現他是一個很瘦的男孩子，但身上的校服寬大的很不合身，腳步很輕，我根本聽不到聲音。

　　這時剛好走到了一個昏暗的角落，他突然回頭，我看見了一張清秀的臉，只是臉色蒼白，雙目無神。看得出來他身體很差，我不禁打了個冷顫，他的笑容好奇怪啊！

　　然後他拐進了廁所，正巧我也想去。但是一想起他那詭異的笑容，就又有些猶豫了。但一想起要獨自走下漆黑的樓梯，我更加膽顫心驚，最後我還是跟著進去了。

　　我上完出來後那個人也不見了，心想不會是走了吧！這時突然從廁所裡傳來了沖水的聲音，我想他快出來了，卻一直沒有見個人影，只有嘩嘩的沖水聲在耳邊迴響！

　　我大膽走進去，可是走到最後面也沒有人，我隨著水聲望去，只見馬桶的繩子在不停的上

下晃動。直到今日，那個不停晃動的繩子和那個男孩慘淡的笑容還不時浮現在我眼前，我發誓再也不在外面通宵Ｋ書了，就算我有Ｎ科會被當！

宿舍不安夜

有個學校位於郊外，平時就流傳著有關不少奇怪的事情。有一個女生宿舍，寢室裡住了七個女生，平時相安無事，但是有一天，住在下鋪的小萍，怎麼也睡不著。這一晚又出奇的安靜，靜得連自己的心跳都聽得到。

室友們全睡著了，只有她還在床上發呆，看了一下手錶，快兩點了。「快睡吧！明天還要上課呢！」她這樣對自己說著。

她仰著臉，突然她發現床上掛著的蚊帳在慢慢下沈。（住過宿舍的人應該都記得，掛在床上的蚊帳從上鋪吊下來的景象。）

她有點納悶，一開始還以為是風，但漸漸地發現好像有個東西從蚊帳上面映下來。小萍仔細看看，是一個人臉的樣子從上面浮顯出來，

並慢慢清晰了，是一個男人的臉，還對著她笑。

小萍嚇得大叫一聲，全宿舍裡的人都醒了。大家紛紛問她什麼事，她嚇得指著床說；「有鬼！」全宿舍的女生都嚇壞了，左右看看，什麼也沒發現。

「小萍，是你在做夢吧！別開玩笑啊！」大家還是有點害怕的。可能吧！小萍也搞不清是怎麼回事，算了，睡吧！一定是做惡夢了。

就這樣，大家又回到床上了。這一晚大家相安無事的一覺到天亮。但是從此之後這個石膏像一般的男人臉就纏上了小萍，每天晚上都出現，搞得寢室裡的人再也無法睡好覺了。

不可能每晚都做同一個夢啊，大家決定向學校反應。但是有誰信呢？不過訓導主任還是蠻重視的，他對小萍她們說：「你們今晚回去睡，我帶校警守在外面，一有事就叫我們。」

夜晚來了，小萍和室友們早早上了床。訓導主任和兩三位校警，以及十幾個自告奮勇的男生守在外面。「這麼多人，那個鬼還敢來嗎？」不知道誰在自言自語說著。

　　凌晨兩點了，小萍死死地盯著上面的蚊帳。
那個男人臉還會再來嗎？

　　一切都安靜得很，慢慢地，蚊帳下沈了！
又來了。那個白色的男人臉一樣的盯著小萍笑
著，今天還笑得特別燦爛。

　　「來啦！」小萍大叫一聲，剎那間，所有
的人一湧而入：「哪裡，在哪了？」

　　「他沒走，他在那裡！」奇怪的是，只有
小萍看到，別人卻看不到。

　　「在哪啊？」大家都搞不清楚，在房間左
右直看。

　　「在窗戶那裡。在那兒，他要出門了。」
大家隨著小萍的手一看，可是什麼也看不到。

　　「那就跟著小萍走吧！」訓導主任說。於
是，一大堆人就跟著小萍出了門，小萍跟著那
張臉，大家跟著小萍。一出校門，來到一灘爛
水塘。那張臉對小萍笑了笑，就跳了進去。

　　「他跳進去了，他跳進去了。啊，不見
了！」小萍大叫著。

　　第二天，學校請警方將爛水塘裡的水排乾

了，你猜發現了什麼？一具屍體，是個男生。

　　原來，幾周前這個大學有一個男生失蹤了，學校和警方四處去找卻沒有結果，沒想到竟然在這裡找到他。後來證明，他就是那個男生。警方將這人的照片給小萍看，她果真確認那張白色的臉就是那個人。

夜半鬼上床

　　我曾經是一個極易招鬼的女生，尤其是在大學時代，很多人不敢跟我接近，除了我們宿舍的女生和比較熟的朋友。後來知道他們說我陰氣特別重，有可能我過腰的頭髮比較長，還有我對陌生人從不笑的原因吧！

　　接下來，我要講一些我親身經歷的事情：

● 半夜怪手

　　這是我在家裡碰到的。那時已是夏天，天氣很熱，我正在熟睡當中（當時家裡睡的是竹席），被一種聲音吵醒，朦朧中聽到好像是什麼東西在席子上滑動。

　　那時我是側著睡的，迷迷糊糊睜開眼睛看，就看到有一隻手，男人的手，在一直摩擦著床，

手是從床底下伸上來的，就在那裡一直摩擦。

本來還迷迷糊糊的我，這下子馬上被嚇醒了，我緊閉眼睛不敢看，還一直告訴自己一定是在做夢、一定是在做夢，但那個聲音還在響，我又偷偷地睜開眼睛看，那手還在那裡左右摩擦著竹席，我又緊緊閉上眼睛，心想怎麼辦呢？家裡又沒有人，就我一個人在家。

當時我超害怕，急中生智突然想起電視中驅鬼的方法，趕快坐起身，閉著眼雙手併攏直念「波耶波羅密，波耶波羅密，阿彌陀佛，阿彌陀佛……」（本人信奉的是天主教，實在想不到天主教有什麼驅鬼的咒語，只能念這個），睜眼看了一下，馬上跳下床逃出房間（此時，那隻手已經不見了）。

接下來，我把家裡所有的十字架全套在身上，當時家中養了三隻狗，我把狗狗們集中起來壯膽，帶著牠們回臥室巡視，那時已經什麼都沒有了！

這是我第一次遇到這種東西，那個房間是通舖式的客房，平常我家人都不在那裡睡，不

知為什麼我那天會睡在那裡，更鬱悶的是那時
已經天亮了，怎麼還會碰到怪東西？話說回來，
我再三保證這是真正發生過的事！

鐵道亡靈

　　這次講的是我大學一年級剛進學校時所發生的事。進了這所學校之後，我遇到很多靈異事件，聽說學校這塊地以前是亂葬崗，本來就有很多的靈異故事。

　　我剛進學校的時候，出門搭計程車時就有司機跟我們講，學校不乾淨，要帶點避邪的東西。

　　剛進學校時，我們住的是老宿舍，是上下兩層的老房子，有前後兩排宿舍，中間是個大院子。有點像四合院，我們學校後面是火車鐵道，剛進學校時很不習慣，晚上聽著火車轟隆隆的聲音，總是睡不好覺。

　　我的寢室位於老宿舍的最角落，最陰暗的地方，旁邊有個空寢室一直沒人住，看起來非

常陰森，而且有不少傳言，說有個女孩在宿舍裡上吊自殺之類的。其實我一直是很膽大的女孩，對於這些不會很在乎。

在這個宿舍旁就是廁所，晚上很少有人敢上這個廁所，因為經常沒燈，這件事讓我不知憋過了多少夜晚的尿。有些熬不住的人也是奔跑去奔跑回來的，而且還會發出很大的聲音。

最噁心的就是連電風扇都沒有，在炎熱的夏日根本很難入睡，尤其對於我這種在家被寵壞的獨生女，簡直是痛不欲生。這次遇到這個東西就是在這種情況下發生的，其實我也不知道這能不能叫遇到。

那天又是一個炎熱難耐的夜晚，我左右翻覆，就是睡不著。但是我的舍友們差不多都睡著了，我還在那裡翻覆，想著如果是在家裡多好啊！突然之間，一種不明的感覺襲上身來，讓我的身體不能動彈，但我的脖子能動，還能看東西。

這時候我聽到窗外有轟隆隆的火車聲，還能看到火車經過時，燈光一閃一閃的，就像窗

外就是火車鐵道一樣。

我那時非常害怕，害怕的閉上眼睛，但我還是能看到東西，朦朦朧朧眼前出現一個很大的門，屬於歐式建築的風格。有兩根很粗的白色柱子，門是那種很漂亮的棕色木門，上面還有雕刻，很漂亮。

突然，門打開了，從裡面出來一個穿著紅色裙子的女人，長髮但看不到臉。她好像要跟我說什麼，但我就是聽不見，後來她又走進了門內。

接著，我總算可以動了，氣溫雖然高，可是我竟然流了一身的冷汗。我叫醒室友，跟他們描述我看到的東西，他們迷迷糊糊對我說，睡吧，不要亂想。那時的我也是這麼想，認為這不是真的，只不過是一場夢而已，然後又強迫自己睡著。

事後過了很久，我都沒把這件事掛在心上。直到有一天有個學長說，幾個月前有個女的穿著紅衣服在我們學校後面的火車鐵道上自殺，他還看到了屍體，跟我所夢見的一模

一樣，時間也差不多在那時候。

　　我再把這件事情告訴室友時，其中一個室友說他那天也是怎麼睡都睡不著。

　　這是讓我最害怕的一次，也是讓我最記憶猶新的一次。後來的事件我就慢慢淡忘了。

夜半血臉

　　這次我要講的是，我搬到新宿舍時碰到的。一進新宿舍左面是一面大鏡子，鏡子下面有個洗臉檯。右邊是化粧室兼浴室，我的床鋪也靠右側，是終年不見陽光的位置，還離廁所近，也很靠近門口。那時的床鋪是在上面的，下面是書桌。

　　這個宿舍有宵禁管制，十二點一到宿舍就全面熄燈，晚上大家為了看書（都是看言情小說和漫畫啦！）都會買小手電筒來照明。

　　有一天晚上，我看書看得最晚，看得有點睏的時候就關燈要睡覺。討厭的是我怎麼睡都睡不著，我就心想不會又來了吧？大約在快要一點的時候，我聽到宿舍大門打開和關上的聲音，我心想會是誰呢？有可能是和我感情最好

的小學妹睡不著跑來找我吧！但總覺得有點不對勁。我側著身臉朝宿舍中間走廊看，烏漆麻黑的，什麼也沒有看到，可是不知怎地我全身寒毛開始一根根豎起來。突然之間，一雙手握住床邊的欄杆，一張臉慢慢地伸上來，竟然是張血淋淋、面目猙獰的女人臉！

我的床怎麼說也有兩公尺多高，如果是同學的話，哪會這樣上來，而且那張臉到現在還讓我記憶猶新。幸好，那張臉在我眨眼之間就消失了。回過神來以後，我開始硬逼自己入睡，心想只要睡著就看不到了。就這樣，在不知不覺中就睡覺了，然後一覺到天明。

經過這次經驗之後，我特別去行天宮求了一張平安符貼在床頭，從此夜夜安寧，實在很感謝恩主公。

女生宿舍鬼壓身

　　我讀大學的時候，有一天我女朋友的室友A說她連續幾天晚上睡覺時都被髒東西壓身，全身都動不了，搞得整間寢室的女同學都快嚇死了。她們問過家裡的長輩，有人說可能是因為女生寢室裡陽氣不足，我女朋友為了讓大家安心，徵得室友們的同意，決定讓我晚上睡到那個室友A的床（我很早就溜到她們寢室，一直到晚上都沒出去，怕守門阿姨知道）。

　　其實我膽子也沒有多大，晚上我開著床頭燈，看小說（說明一下，女生都會在自己床的四周都拉上簾布，別人都看不見的），看著看著就睏了，但不敢關燈睡。到了夜裡不知幾點鐘的時候，我突然睜開眼睛醒來。由於我是側著睡的，背靠的那一側是牆，我隱約看見床邊

有一個人，沒看見他的下半身，只看見上半身，我一直往上看，發現他穿著西裝大衣，一直看到臉，但看不清，只能看到大約的輪廓，感覺還算清晰，再看他的眼睛，發現他也一直在看我，當下我心裡的直覺反應就想到：「是鬼！」

我一直想叫，一直想動，但怎麼也叫不出來，怎麼也動不了。不知過了多久，睡在上舖的女生起床了，床動了幾下，那時我才能動，也才能開口說話。

然後我就在床上想這件事，想著想著突然發現原來燈還亮著，而且床簾也是拉上的，根本看不到外面。我回想起來，到底是怎麼看到髒東西的，當時燈是暗的，也看不到床簾，那是怎麼一回事呢？

我看了看手錶，原來已經六點鐘了，天也亮了。我在床上一直躺到八點左右，一直在想這個問題，當那個鬼的眼睛和我對視時，是不是在想「唉，怎麼睡的人不是同一個人了呢？」所以他一直在看我，是不是因為他也迷惑啊？

我也在猜想是不是因為白天聽女生們討論

這件事，把我搞得太緊張了，心裡有壓力，所以晚上其實只是在做夢，但又是為什麼夢境會如此清晰呢？我也迷惑了。

等其他女同學醒來之後，有人開始問我昨晚有沒有發生什麼事情，我怕她們擔心，同時我還是認為這可能是在做夢，所以我沒有跟她們說什麼，我說一切都很好，沒什麼啦！

我以為這件事就到此為止，沒想到可怕的事接著來了。

這裡特別說明一下，那個室友A在我待在她們寢室的第二天就回家了，於是我們白天上課，晚上我也就回自己的寢室睡了。當天晚上我在自己宿舍睡並沒有發生任何異常，但白天我醒來的時候，總感覺怪怪的，摸摸脖子感覺好像少了什麼東西。突然想起我脖子上戴了四年的紅線加玉佩不見了，當時我就慌了。

我想不可能！我戴了四年的玉佩不可能會掉，因為我的那根紅線是打結後，用打火機燙死的，四年都沒掉，怎麼就現在掉了？

我趕快掀開被子猛找，還好玉佩都在，只

是紅線分開了。我仔細檢視那個斷開的地方，那應該不是人為扯開的，不知是什麼，線結看來是很自然分開的。

我當時就想這下麻煩了，不會是那傢伙來纏我了吧！我開始害怕了，想想這件事不能再瞞我女朋友了。

中午的時候，我女朋友來我寢室一起吃飯，我們室友四個人都在，於是我就把上次在她們寢室的事，跟他們都講了，還包括我掉玉佩的事，但他們都不是很信。而我女朋友倒是嚇到了，她急忙把我的玉佩重新打了十幾個死結，再用打火機燙死，相信這樣絕對不會掉了。下午我們又去上課了，到了晚上我女朋友也不敢回自己寢室睡了，於是也偷偷睡在我的寢室。

一夜過去沒什麼異狀，等到我早晨醒來時，頭一個反應就是摸摸脖子上的玉佩，不料玉佩又不見了。我慌得臉一下子嚇白了，又急又怕，拼命在床上找玉佩，同樣玉佩還是在床上找到了，而結又被分開了，分得那麼的自然。那種恐懼，我想沒遇到的人是無法體會的。

　　當時由於快到期末考了，我們都不能離校回家，我女朋友在我們寢室睡了幾天。白天還好我們去上課，但晚上真的都睡不安穩。

　　還好，接下來的幾天都沒有什麼狀況，我們以為這件事應該告一段落了，同時那個室友A也回來了。那室友A回來說了一件事，使人心生害怕。她說她一回家就去銀樓買玉佩，因為別人說玉能避邪，她看上了一個玉觀音，在手裡看著看著，突然從手裡溜掉而砸在櫃檯上，高度不到十公分吧，那玉竟然就裂了，那種高度通常不可能會裂的，連店員和老闆都看傻眼，沒有要求她賠償，但她還是因為愧疚而買了個玉佩。

　　就在室友A回來後十天左右吧，我女朋友也已經回她寢室去睡，她們寢室又發生靈異事件了。另一位膽子稍微大點兒的室友B突然在半夜驚叫起來：「有鬼啊！有鬼啊！」，室友A一聽也嚇得魂不守舍，室友B連忙跑到室友A的床上，兩個人抱在一起直打哆嗦。其他人可能是睡得比較熟，沒有醒過來。

等天亮之後，室友B開始跟大家說她的經
歷。她說，她晚上睡到一半睜開眼，突然看見
一個影子看著她，她嚇得大叫起來，被她一叫，
那個影子就跑到洗手間裡（她們的寢室是長方
形的，一頭是門，最裡面是洗手間）。

那個室友A當天就回家了，連考試也沒考，
我們則是熬到了考試後就連忙回家了。第二年
她們換了寢室，就沒再有怪事發生。

我回家後，就買了一個銀色的十字架，因
為我家是信耶穌基督。這個事件我怎麼也想不
通，說我被鬼壓身，我認為是壓力大所造成的
錯覺，但我的玉佩連掉兩次，而且是不可能會
掉的，又不是人為的。此外，三個人都看到了
髒東西，兩個人叫不出聲，全身動彈不得，另
一個人可以叫可以動，真的是令人百思不解，
一直到現在我還想不透。

鬼影入侵

　　我讀中學的時候，女生第一宿舍是一棟歷史非常悠久的建築，傳說曾經有人在那裡自殺，學姐們都說裡頭不太乾淨。剛進學校的時候，我就一直還在心裡默想：千萬不要住到那裡面，可是因為學校的安排，我偏偏就住到第一宿舍。

　　一開始我隨時都在心驚膽跳，可是當看到寢室裡擠了八個人還蠻熱鬧的，就慢慢放下心來。學校生活在不知不覺中很快就過去了，轉眼間就到了第二年的冬天。

　　由於廁所離得很遠，大家都是晚上儘量少喝水。那天下午我一不小心喝了很多水，也忘了上廁所，睡到半夜的時候被尿憋醒，躺在床上猶豫著要不要去上廁所。

　　那晚好像是月圓之夜，宿舍顯得非常清亮，

我發現原本鎖好的宿舍門怎麼開了一條縫，我正想起身查看時，門竟然被慢慢推開。

我當時嚇得大氣也不敢出，趕緊躲到被子裡，接著從被子裡的縫隙偷偷看到一個女孩手裡不知拎著什麼，她一步一步慢慢靠近那些熟睡的室友，一個一個端詳她們的臉。

隨著時間一秒一秒過去，我感覺到她離我越來越近，有一股陰森森的寒氣漸漸向我逼來！我當時想的唯一問題是，她如果來到我床邊該怎麼辦？

忽然，聽到「嘀嘀嘀嘀」，我鬆了一口氣，我的電子錶鬧鈴響了！這時睡在上鋪的學姐又是習慣性的說：「妳又把鬧鈴設定錯時間了。」我趁勢坐了起來，發現門還是開著的，但是根本就沒見到有什麼女孩。

這件事過了很久，每次想來都覺得不真實。可是，期末換宿舍的時候讓我完全相信了它！

那天大家很高興在收拾東西準備搬離宿舍，這時同宿的一個女孩在她的床底下發現了一個小箱子。好奇的我們把它打開了，裡面什麼也

沒有，只有一張照片和一截長髮，忽然我發現那照片上的人就是我那晚見到的女孩。後來我們瞭解到，那個女孩是由於自己的長辮子才死的。

靜宜鬼宿舍

　　位於台中的靜宜大學，在還沒有改制以前是一所女生學校，所以到現在也還是只有一棟學生宿舍，全校需要住宿的同學都擠在這棟宿舍裡。靜宜的學生宿舍是四個人一間，住起來還挺舒服的，住宿費也不貴。可是很奇怪，其中有一個房間就是沒人敢睡，寧可在外面付高額租金，也沒有人願意踏進那房間一步。原來，在這個房間裡發生過離奇的事件。

　　又是一批新生入學，學校顯得熱鬧而有生氣，跟暑假時校內的冷清相比，簡直就像是兩個完全不同的地方一樣。

　　宿舍裡，忙碌的舍監媽媽帶領拿著大包小包的新生們穿梭在各個房間裡，一時之間，宿舍裡就像是熱鬧的西門町。

　　四個原本陌生的新生擠進一間宿舍，分配好床位以後，她們就開始各自整理著自己的東西。累了一天，晚上她們很快就睡著了。一天、二天、三天……她們都沒有發現，有什麼已經發生在她們身上的異狀。

　　某夜，四個人都看書看到很晚，幾乎在同一時間上床睡覺。一夜無話。第二天一早，她們都很準時的起床，揉了揉眼睛，其中一個人看了看室友，滿臉疑惑的表情。

　　「咦！有人動了我的東西嗎？」因為她似乎覺得身邊放的娃娃和眼鏡、襪子，都好像被人動過一樣，而且昨天晚上躺下的時候，她明明記得是靠窗子睡，前面還可以看得到另一個同學。

　　「你神經病啦！」室友們都急著出門，慌亂之中只丟下這麼一句話。當天晚上，她丟下課本第一個去睡，在蓋上被子前還跟其他還在看書的室友說：「看好，我要睡囉！晚安！」

　　「神經！」幾個室友看著她說。

　　隔天早上起床，她原來睡在靠窗的床位，

果然又給人換到前面的那張床!而且,其他的室友也發現,不只是她,每個人的床位都被換過了!這……不太可能吧?

知識分子就是知識分子,七嘴八舌以後,她們決定要把它弄個清楚!

那天晚上睡覺前,她們把自己睡覺的床位寫在紙上,寫完四個人共同簽名確認以後,她們才懷著忐忑的心情上床。結果第二天醒來,每一個起床的床位竟然都跟原來睡覺時的床位完全不一樣!

「不可能吧?」

「真的!我們還有記錄,每天都會莫名其妙的被換床位耶!」

「這太離譜了吧?」她們把這件事向舍監媽媽報告,聽得舍監媽媽一臉懷疑,最後她決定親自去睡一個晚上,以證明真假。

「在這裡那麼久了,從來也沒聽過這麼離譜的事!」

「是啊!小孩子總是愛疑神疑鬼的!」

舍監媽媽入睡前還認為不可能,等到第二

天起來才發現，天啊！床位真的被換掉了！從此以後那間會自動變換床位的房間就被封起來，到現在都沒人敢進去住。

屍　愛

　　凡是在本校醫學院待過的人，都會有同樣的感覺：陰森。特別是那棟進行人體解剖教學的那棟實驗樓，平時在它前面經過的話，都會有一種人解樓特有的味道飄入你的鼻子。那是一種酒精和福馬林混合的味道，凡是聞過的人一輩子都忘不了。

　　這一次要講的故事，就是發生在某醫學院，而且和人體解剖教學樓有密切相關。

　　讀醫科的同學都知道，人體解剖課在我們的求學階段都會上兩次，一次是系統解剖課，而另外一次就是局部解剖課了。

　　這兩種課有什麼不同呢？系統解剖看的標本是做好的，現成的，不用自己動手做；局部解剖呢，就要自己動手嘍，一具完好的屍體放

在你的面前，要親手把它身體的各個部位解剖出來。

所以，局解是比較辛苦的，屍體那熏人的味道以及那腐敗的氣味，真是令人一輩子都忘不了，一個字——臭！因此這個故事的主角就休學回家不讀了。

雅玫，曾經是我的同學，我們一起讀到大三的那一年，發生了這麼一件恐怖的事。

大三的第一學期，我們再次來到人解實驗室上局部解剖課。雅玫就分在我們這一組。

我們一組有七個人，其中只有我和雅玫是女生，所以骯髒、勞累的工作都不需要我們動手，我們只是在一旁看著那些男生解剖屍體。

直到上了大概五節課左右吧，我們的課程就到了解剖胸腔的部分了。說實話，雅玫是個十分努力的人。她看見那些男生解剖得不甚仔細，有些重要部位甚至切掉了，使得她不能好好的復習，於是她把心一橫，決定胸腔的部分要親自操刀。

她這個人呢，雖說努力，但是膽子還是有

點小,所以她把我也拉上,算是她的助手吧!

解剖開始了。我們小心的把皮膚切開,然後再去掉淺筋膜,最後在男同學的幫助下,切斷肋骨,把整個胸腔暴露出來了。我們大家都很小心,都不想把手弄傷。但是天總是不從人願。

雅玫把標本的兩個肺切出來以後,當她正要向屍體的主動脈下刀以切除心臟的時候,可能是因為內臟的味道實在太嗆了,而且還加上還有其餘八個標本的解剖工作也在進行,她被熏得有點頭暈眼花。一刀切下去,居然沒把主動脈切掉,反倒切到自己的手指頭上去了。

你知道手術刀是十分鋒利的,沒把整個手指頭削掉已經算是十分慶幸的了。雅玫的手被切了一道很深的傷口,鮮血透過醫用手套滲出來,直往屍體的胸腔滴去,有些還藉著主動脈上的切口直流到心臟裡去。雅玫嚇呆了,整個人呆立在手術臺旁,一動也不動,任由鮮血往下滴。我慌忙的推推她,她才醒過來。

「怎…怎麼辦…我…我流了…好多血…」

「快帶她去校醫室止血啊！」身旁的男生對我說。

「快快快！我們快去洗手！」於是，我扶著她快步走到洗手台，我幫她把手套脫掉。我的媽呀！真的流了好多血。

值得慶幸的是，雅玫手上的傷口還不算深，校醫幫她止了血，再塗上藥水，紮上紗布就算OK了。想想也真是煩人，好好的學習課程就這樣搞成像場災難似的。

雅玫從此發誓，再也不碰刀了。本來，事情已算告一段落了。但是，恐怖的事還是發生了。

一周後，又是解剖課。進了實驗室，竟然發現我們這組原先解剖的那具屍體居然不翼而飛了。

本來負責的老師還以為是被別的實驗室借走了，但是問過所有的同學大家都說沒見過。

事情大條了！你說好好的一具屍體，會自己跑掉了嗎？此時不知誰輕輕的說了一句：「難不成是屍變了？」

老師一聽馬上斥責說：「誰在妖言惑眾？我們看事情要抱著科學的態度！誰再亂講話，實驗課就當掉！」

老師的話果然有效，整個實驗室頓時鴉雀無聲。問題是，那東西到哪裡去了呢？到了晚上就寢的時候，我們宿舍的「六朵金花」就開始討論今天發生的事情。

我們的室花小姐佩如發話說：「你們說呀，到底會不會是屍變呢？你們想想哦！那天雅玫割傷了手，好像滴了那標本一身的血呢！」

「啊！好可怕啊！死佩如你別嚇人好不好！」

我們最膽小的秀秀抱緊了被子，向我們的佩如大小姐抱怨。和她關係最好的小靜也一起向佩如瞪眼。

「哎呀！都幾點啦？說這些不怕嚇得人睡不著呀？」室長阿華姐也跟著抱怨。

「睡啦睡啦！明天早上有課呢！大家都戴上了熊貓眼，不怕被那些男生嘲笑嗎？」我打圓場道。

半夜，可能起風了吧，我聽到了一些奇怪的聲音。可是仔細一聽，又不像是風吹的聲音。我一骨碌的爬了起來，想聽仔細一點。

「你也醒了？」一個聲音在我的耳邊響起。

「哇！嚇鬼呀你！」原來是佩如。

「我們都聽到了，好恐怖對不對？」阿華姐她們都起來了。

這時，雅玫驚恐的說：「會不會…會不會是衝著我而來的？我…我該…怎麼辦…」聽她的聲音，好像已經哭出來了。

奇怪的聲音又響起來了。只是這一次宿舍裡的所有人都清楚的聽到，那是一個男人在說話的聲音。

那人的聲音十分沙啞：「是…你…把…我…從…沈…睡…中…喚…醒…的、我…喜…歡…你、我…們…交…往…吧…」如此恐怖的聲音穿過夜空刺進我們的耳膜，讓我們感到毛骨悚然。

在那聲音飄過來的同時，解剖實驗室那股獨特的味道也飄到了我們的寢室裡。不一會兒，

整個寢室都充斥著那種酒精與福馬林混合的味道了。

「屍…屍…是它…它來找我了…」雅玫嚇得說不上話來了，然後暈了過去。

「答…應…我…吧、我…愛…你…」沙啞的聲音再次響起。

我們六人都躲到阿華姐的被子裡，縮在一起發抖著不斷唸道：「南無阿彌陀佛」。

我們真希望天快亮啊！可是夜光鬧鐘提醒我們，現在只是凌晨三點四十分。

那沙啞的聲音在窗外不斷的響起，一直到東方出現魚肚白，我們緊繃了一夜的神經才稍微有點放鬆。我們鬆開緊緊握在一起的手，才發現每個人的手都是濕的。

「嘔！阿秀先吐了一地，接著，我們宿舍其餘五朵金花也不顧什麼儀態了，大家張嘴吐個不停。一直到清理好弄髒的地板時，已經是八點半了。我們發現窗戶外的鐵欄杆上掛了一些組織狀的東西。而且，上面還沾著一些黃黃的液體，那是人體標本特有的屍油。

唉！發生了這樣的事，誰又有心情去上課呢？於是我們集體翹課了。中午，我們向人體解剖學老師報告了昨晚的事。起初，他仍然視為無稽之談，還是老一句：相信科學，破除迷信。但是，校工後來說的話改變了老師的想法。

校工說，學校西南面的那片樹林昨晚有福馬林的味道，問老師是不是有人亂扔「垃圾」（指的是學生們解剖下來的殘餘組織）。

老師們開始重視了，他們一面通知了校方，一面派了幾個研究生去看一下究竟是怎麼回事。當然，我們幾個也跟上去了。我們的校園蠻大的，除了那片不大不小的樹林外，還有一個醉月湖。那個樹林是校園情侶們談情說愛的好去處，醉月湖畔當然也不例外。

我們幾個跟上研究生，來到了樹林那兒。雖然味道已經減弱很多，但是還能依稀辨認出那是福馬林的味道。

我們一直往前走，一直到醉月湖畔。這時，眼尖的一位研究生發現醉月湖裡養的鯉魚都肚子朝天浮到水面上，一股腐臭味直撲我們。

　　當大家都在納悶的時候,不知誰說了一句:
「會不會是那東西躲在湖裡?」

　　研究生果斷的說:「撈看看吧!死了那麼
多鯉魚,絕對有怪東西!」

　　於是就請來了一批打撈工人,一起拿著大
魚網往湖裡打撈。

　　大概過了兩個半鐘頭吧,打撈工人終於從
水裡撈出了「那玩意兒」!那具屍體經過水泡,
雖然藥水味沒那麼濃了,但是腐臭的氣味就更
重了。

　　它的肌肉已經有點發脹,那經過藥水製作
過的褐色皮膚在衝擊著我們的眼睛。它那渾濁
的眼睛瞪得大大的,和以往在手術臺上那閉眼
的狀態大不相同。

　　嘴巴在歇斯底里的張著,而被我們解開了
的胸腔正暴露著裡面的器官。我們女生都背過
臉去,不敢再多看它一眼。

　　有個研究生這時候搭話說:「媽的!誰那
麼無聊?居然拿這個來開玩笑?這種東西好玩
嗎?讓我們調錄影畫面查出來,絕不輕饒!唉,

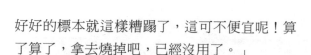

好好的標本就這樣糟蹋了，這可不便宜呢！算了算了，拿去燒掉吧，已經沒用了。」

結果，那具屍體被運去火葬場了。而自從它被燒掉以後，宿舍裡也就也就恢復了平靜。

但是雅玫還是有點魂不守舍，她請了一個月的長假休息，最後乾脆休學了。

校園七大不可思議

在白天熙來攘往、笑聲不斷,夜裡一片死寂的校園裡,總是會流傳一些靈異事件,雖然大多未經證實,但已經在純真的學生心靈中留下難以抹滅的印記。

● 七大不可思議之一

在一棟舊的教學樓,有一層樓梯,白天在數的時候只有十二層階梯,但是晚上數的時候卻發生奇怪的事,第十三層階梯出現了。在以前的這個教學樓,曾經有一個壞學生,壞到了極點:破壞學校的紀律、與老師打架、對罵。更有一次因與老師發生口角,想晚上放火來燒掉教學樓。可是在放火的過程中被巡樓的老師發現了,他跑上了樓梯,結果腳跟沒跑穩,從

樓上摔了下來，頭骨碎裂，當場死亡。

也有一些膽子大的學生不相信這些，晚上獨自來試探。他慢慢踏上樓梯，走一步算一梯，當走完十二梯的時候，第十三梯就出現了。

他還不相信，踏上的第十三梯，踏上以後，他面前出現一個黑洞。裏面也有許多人，那些人在向他走來，他開始感到害怕，趕快後退，但又感覺後面有人在推他，他回頭一看，一個沒有半邊腦袋的人叫他一起進去玩，說裏面才是壞孩子的天堂。進去的人後來就沒有回來了，他已經成為他們的朋友了。

在這裏說明一下，在白天數的時候，的確只有十二梯，而且晚上能看到十三梯的只有壞孩子才能看到。所有壞孩子請小心點，沒事別去試這些無謂的東西，往往在這時候你就可能成為他們的朋友了。

● 七大不可思議之二

學校裡都有生物教室，也許有一些人體模型吧！一個物體，經過一段長時間的使用，就

會擁有靈魂，成為一個有靈體。而這個人體模型，就會成為一個有思想的不淨物體了。

在半夜的時候，有時會有人在掃教室，搬東西，大家總以為有一個好學生存在。在一天晚上，一個學生因為好奇想來看看究竟。他翻過教學大樓，來到走廊。他巡視了整個學校，也沒有看到什麼，便猜想今晚那個好學生不會來了吧！

他剛走在走廊的時候，看見一個黑影。他馬上躲起來，想看看這個好學生的真面目。那個好學生越掃越近，他開始感到緊張了。就在這時，他發現了，他發現那個好學生好像沒有穿衣服。他感到奇怪了，當那個好學生轉過來的時候，他愣住了。

那個好學生的一半身軀是透明的，也就是他們生物室裏的那個人體模型。

那天晚上，他就在學校裏昏睡到天明。

● 七大不可思議之三

傍晚的時候，常常會有一個戴口罩的女人

在某校附近徘徊。晚歸的學生有時會三五成群的出來，也有的獨自一人回家。

有個晚歸的學生，他走出校園之後，見到那位戴口罩的女人走過來，問他：「我漂不漂亮？」

孩子看了她一眼，隨口說了：「漂亮。」

這時那個女的會摘下她的口罩，只見嘴巴兩邊都裂開，差不多裂到了耳朵上，露出一口白牙，再次問道：「我這樣還漂亮嗎？」

曾有老人家說過，那裂口女曾經是一個很美的女人，但她在一次美容手術的過程中，因為醫生的失誤使得她的口裂開。她十分憤怒，她殺了醫生，然後自己去跳樓了。當時那位幫她進行手術的醫生，頭髮塗了很多髮蠟，所以裂口女對髮蠟十分反感。

因此，當時的學生也就在自己頭上塗髮蠟來對抗她。也有靈學老師從因果的角度看到更多的線索，表示裂口女其實只是被一些動物靈（如狐狸）上了身，融合在一起，才會成為現在的不淨靈。

　　所以若真的遇見了她，不妨給她一個糖果，當你友好的對待她的時候，她就會走開的。

● **七大不可思議之四**

　　這曾經是二十多年前，成為眾多學生的熱門話題。

　　當你抬頭看天空的時候，有時會掉下一顆乒乓球大小的白色毛球物體——雪花球。這是一個種神祕的物體，它能自由自在的在空天飛舞。流傳說，得到它就能得到幸福。

　　據說它是天使身上的毛球，所以當時的學生們一有空就仰望天空拼命的找。不可思議的是，據說把雪花球和香粉放在一起，一下子就會繁殖出很多。

　　這也許是七大不可思議中感覺不那麼恐怖的話題吧！還有個說法是那個雪花球能實現你所想的願望。當你願望實現時，相對就會少了一些，如果願望越大，消失的就越多。

　　所以做人就不可以那麼貪心了，如果全實現了，以後就沒有機會再實現其他重要的事了。

• 七大不可思議之五

學校裡有一面三合鏡，在零時零分零秒的時候，當你站在那三面鏡中間的話，你就可以看到將來的你了。

關於這個傳說，有一個女孩子試過。她在零時零分零秒的時候，站到了三合鏡中間，她也實現了她看到將來的願望。

第二天起來，她去洗臉的時候，她看到鏡中的自己又是將來的自己。她嚇得摔倒在地下，不敢看鏡子。等她回神的時候，再鼓起勇氣看了一下。鏡子又回到原來的自己，她便以自己沒睡醒為由來淡忘這件事。

下午她上廁所時候，便又看了一下鏡子，這時鏡中的自己又老了很多，好像是三十年後的自己。這以後，她發現自己每照一次鏡子，便發現鏡子裡的自己又老了許多。

相對地，自己也感到自己的身體也像在衰老。終於有一天，她看到自己的老態龍鐘。過不了多久，她也死了，死因是身體各項器官衰

老。

關於類似的流傳還有很多，比如晚上零時零分零秒，嘴裏叼著剃刀，看著臉盆裏的水，就會看到自己將來的對象；三時三十三分三十三秒，站在鏡子前可以看到自己的結婚對象；四時四十四分四十四秒可以看到鏡子裏的惡魔。

這類似的謠言很多，但是請大家不要去試驗，儘管自己不信邪。如果出了事，到時可別找我負責哦！

● 七大不可思議之六

在你放學後，你可能會遇見一個身穿紅色斗蓬，戴著一個奇怪面具的人。他看到學生就會問：喜歡紅色？喜歡白色？還是喜歡藍色？

當你回答紅色的時候，你會死在血泊中；當你回答白色的時候，你會全身的血被抽乾；當你回答藍色的時候，你會被拋進水裏溺死。

這七個不可思議中，只有這個是不屬於靈異現象的故事。他叫「Ａ」，別人是這麼叫他的。他是人，不是妖怪。是個多年來捉也捉不

到的殺人狂，專殺放學後回家的小孩，他已經殺過無數小孩了。

放學後晚歸的小孩要小心了，他可能會隨時的出現在你的身邊，問你：喜歡紅色？喜歡白色？還是喜歡藍色？

● 七大不可思議之七

這個故事是流傳比較廣的一個，也是眾所周知的鬼娃娃花子。

事情發生在一個舊教學大樓的最後一格的廁所裡。那間廁所的門關著，但是你會聽到從裏面發出一陣呻吟聲，好像在說：「我好痛苦，門打不開」之類的話，那就是花子了。

在以前，有一個叫花子的學生，她在上廁所的時候，也就是在那最後一格。她突然心臟病發作，這時偏偏門又打不開。最後，她就死在裏面了。

從那以後，如果當你一個人在廁所的時候，你有時會聽到那一格廁位發出「門打不開」、「門打不開」的聲音，這個時候花子她就會來

找你了。

　　最後附帶說明一下，如果當你一個人在學校的廁所的時候，請勿做以下的動作：在洗手的時候請勿看著鏡子；在上廁所的時候請勿看著天花板；當你聽到後面有人叫你的時候，請勿轉頭去看。

　　如果不遵守那樣做的話，一切後果由你自己負責。

　　學校也許是一個磁場很強的地方吧！這次先和讀者們分享小學和中學的靈異事件，大學的鬼故事太過嚇人，下回等大家膽量練得大一點再說吧！

Chapter

2

幽靈出沒生人迴避

　　緊鎖的大門，門縫上貼著張淡黃的小紙條，
這是一張符咒。慘淡的黃色，上面寫著鮮血般
赤紅的咒文。那赤紅的鮮豔涎涎欲滴，顯得這
些字像是剛剛寫上去的，更像是一張黃紙上隨
意沾上的鮮血……

鬼嫁女

這個故事發生在中國福建省的山城，當事人是暑期留校學生連海生，故事很快就傳遍了整個南方。

呀呀……呀……窗外夜鶯的叫聲，淒迷中透著一種令人毛骨悚然的詭異。已經是半夜一點多了，連海生躺在床上翻來覆去怎麼也睡不著，腦海裡老是翻騰著那夜鶯的哀號。

他清楚地記得，今晚的夜鶯又是剛剛叫了十三下，連同昨晚一起，這夜鶯躲在窗外黑壓壓的夜幕裡已經叫了兩個晚上了。兩晚都是連著叫了十三聲，一聲不多，一聲不少。

連海生來自鄉下大山深處的一個小村子，在他們當地，流傳著一個遙遠而神祕的傳說。

陰間地府的鬼王有鬼女，當鬼女成年應談

婚論嫁之時，鬼王便會派出小鬼到人間尋找年輕英俊的年輕男子作為女婿。待小鬼找到合適人選後，便讓陰間的婚媒使者夜鶯到那男子的住戶處，接連三晚，每晚啼叫十三聲，算是禮成。

執行禮儀的這種夜鶯叫聲比較詭奇，只有被鬼王選中作為女婿的那人才能聽到。

到了第三晚的子午時分，夜鶯叫後，便會有一頂朱紅大轎乘夜色而來，有鬼卒吹嗩吶打鑼鼓，鬼將護行，將鬼王女婿的魂魄勾走，當然，陽間此人亦會一命嗚呼，長眠不醒……

從窗口外不知那裡吹來一股陰冷的空氣，連海生打了個寒噤，連忙把身上的被子再抓得更緊。空蕩蕩的宿舍裡也就這被子能給他帶來些許膽量了，學校已經放假，為了下學期的學費，他選擇留守學校，他的任務便是看守這長長的一排宿舍。

滴……滴……宿舍走廊盡頭那個廁所的水閘又壞了，水珠滴落的聲音彷彿由地獄陰間中傳出般，虛無縹緲，打亂了心臟跳動的節奏，

直讓人心慌意亂。

　　宿舍樓房也不知是那個年代蓋好的，聽說
這原來是一個大軍閥的莊園，荒廢後被利用整
為校舍。整棟樓分兩層，全木結構，天花板上
陳舊的石灰塊已經脫落不少，露出藏在裡面的
木材，形成一個個斑駁剝離的圖案，既像怪獸
又像鬼魅，猙獰著張牙舞爪，壓得連海生的眼
皮越來越重，漸漸的終於進入夢鄉。

　　一夜無事，渾渾噩噩地過了半天，又到了
中午太陽高照的時分，熱辣辣的太陽曬得風兒
都停止了運動。只穿著一條短褲的連海生仰面
浮在江水的上面。江叫相思江，江水碧綠深邃，
清澈冰涼，繞著校園轉了個半圈。連海生喜歡
在這個時候入江去游泳解暑。

　　仰浮在江面的連海生半眯著眼，太陽散發
炫目的白光，已經游得有些累了，感覺到身子
有點發虛。不遠處是從岸邊探出、座落在江面
之上的一間小木屋，連海生知道那間屋子叫小
姐樓，也就是以前那軍閥女兒的閨房。

　　駁落的朱紅油漆，飛簷鳳閣，雕樑畫棟，

古色古香，無聲地喧洩著主人生前的榮華。那圍在房子周圍鏽跡斑斕的鐵絲網，和門上已經生鏽了的鐵鎖在告訴遊人，這一切都已經成了塵封的歷史。

那小姐樓的門窗永遠都是關著的，厚厚的窗簾圍幕裡，那小姐的閨房散發著一股神祕的氣息，裡面的世界到底是怎樣的一個情景，連海生心裡忽然產生了一種要一探究竟的衝動，冥冥中似乎有一種引力，使他鬼使神差地向那小姐樓游了過去。

幾墩支撐著木屋的大石柱探入水下，連海生就順著這石柱爬了上去。石柱之上全是木質結構，伸手往上捅了捅，木皮碎屑簌簌地撲面掉落，那木製的底板已被鼠蟲啃食得殘缺不全，毫不費勁的就將其中一塊取開，形成一個足夠讓人鑽上去的大洞。

連海生探手伸入洞中，想就這樣攀越上去，探出去的手指卻抓到了一團毛茸茸的東西，吱吱的刺耳聲音驀地響起。連海生被嚇了一跳，心裡一緊，手上狠命抓著那團東西往下一拽，

看也不看就往水中丟去。吱吱吱……浮在江面的是隻油光皮滑的大老鼠，轉動著碧綠的眼珠子盯了一眼連海生，這才潛入水中往遠方游去。驚魂未定的連海生暗呼倒楣，待心情恢復平靜後再從洞口攀了上去。

這是一個小型的客廳，應有的家具雜物均已經搬空，四壁木牆上的油漆已經脫落得差不多了，天花板四周掛滿著蜘蛛網，地上覆蓋著厚厚的一層灰塵。大廳的正前方便是緊鎖的大門，門縫上貼著張淡黃的小紙條，連海生走近一看，心裡忍不住打了個冷顫，這是一張符咒。

慘淡的黃色，上面寫著鮮血般赤紅的咒文。那赤紅的鮮豔洳涎欲滴，顯得這些字像是剛剛寫上去的，更像是一張黃紙上隨意沾上的鮮血。但這紙張卻是乾枯燥黃，明顯已經貼上有了一段歷史，相形之下，顯得無比的詭異。

大廳的左右兩邊，都有一個房間，窗戶上圍著厚實的黑布使房裡昏暗幽深，看不清楚裡面有些什麼。

房裡的空氣出奇的涼爽，反而有點陰陰的

寒氣自腳下冒了上來，可能是因為下面就是流水的原因吧！

連海生小心翼翼地在房內移動著腳步，生怕一不小心便會將那已經腐朽了的木板踏塌。濕漉漉的腳丫在積滿灰塵的地板上留下一個個圖案，形狀各異，隨著他的腳步往左邊的房間延去。

這也是個空房，失望的連海生再往右邊的房間走去，盼望著那裡能出現些什麼，卻又擔心著真的出現些什麼。

房間出奇的乾淨，簡直可以稱之為一塵不染，與外面相比形成了極大的反差，這一刻，連海生竟楞住了，靜悄悄的房間只剩下心臟砰砰的急跳聲。

朱紅的大床，麻黃色的蚊帳，一張半月型的梳粧檯，一把古色古香的實木圓椅……

難道是某個教職員的親戚為了省下房租費，偷偷住進了這裡？好奇的連海生步了進去。

厚重的蚊帳垂在床前，這種粗麻製成的蚊帳連家鄉那個山村裡都極少見到了，看來這主

人真是一個付不起房租的窮光蛋。連海生屏著呼吸,將蚊帳掀開,床板是古董式的紅木大板,早已經磨得油光可鑑,床頭邊上擺著一個鏤空的方木枕頭。

再回頭望梳粧檯這邊,菱形的鏡子邊上鑲著暗紅的花梨木,比電影裡那面魔鏡顯得還要古老。連海生望了望鏡子裡只著一條T型短褲的自己,裸露著的肌肉結實有力,渾身上下充滿著男子漢的魅力,也怪不得班上的女生對自己一直青睞有加。

目光注意到鏡子裡自己的小腿,不知什麼時候竟劃破了皮,一條暗紅如蜈蚣般的鮮血正爬在小腿的肌膚上。

一定是剛才鑽上來的時候劃傷的吧,一點小傷而已,連海生毫不在意,彎腰用手輕輕將它一抹,隨手一甩,剛好有幾滴較大的鮮血甩到了鏡子的上面。

血滴附在鏡面上迅速向四周滲透散開,形成一個怪異的圖案,那圖案在眼裡慢慢的幻化成了一個女人頭像,那滴最大的鮮血,正好組

成了女人那鮮豔的朱唇。

連海生揉了揉眼睛，鏡子上血點還是血點，哪裡來的什麼頭像。或許是昨晚睡得不好，加上現在游泳使用體力過度，疲勞的大腦裡出現的幻象吧！

望著那張寬大平整的古木大床，一股倦意襲上心頭，前所未有的睡意如潮水般纏繞著他全身細胞的情緒，他現在極需要馬上找個地方好好地睡一覺。

鬼使神差地，他掀開那麻黃的蚊帳，一頭倒到床上昏昏睡去。也不知過了多久，恍惚中有女子的歌聲自遠處飄來，由遠而近漸漸清晰。

「月光光，照前堂，阿哥阿妹來拜堂；點紅燭，著新裝，不見阿哥在身旁；月光光，照大床，阿妹難眠心慌慌……」

那歌謠如泣如訴，似恨似怨，飄渺輕柔，似輕風拂過，又似細雨拂曉。朦朦朧朧之中，有一大紅衣褲、朱紅綿鞋，頭上紮著朵白色大花的女子走近身前，白晳如玉般的蘭花指輕輕點到連海生的臉面上，再一路向下滑去，經過

胸前、小腹、大腿……

「相公，妾身來遲了。」一身紅裳竟自褪去，美人肌膚賽霜傲雪，高聳如山峰似的乳房，修長的玉指，纖巧的指甲，一雙含春帶露的丹鳳眼閃著妖嬈的光芒，紅得如血般的櫻唇輕輕吻上了身下的男人，隨即整個玉體亦壓了上去……

麻黃的粗質蚊帳無風自動，輕輕隨著床架的搖晃波濤起伏，遮不住滿床纏綿悱惻的春色。

熟睡中的連海生只覺異常口渴，胸腹似有重物壓住一般呼吸沈悶得難受，想睜開眼來，那眼皮卻偏偏似有千斤之物壓住般，怎麼努力掙扎也無法睜開，整個人陷入了無盡的空虛與慌亂之中。

鐺……鐺……鐺……悠長的鐘聲從遠方山頂的寺廟上傳來，美人咭咭一笑，輕聲道：「相公，咱們禮既已成，還請萬莫嫌棄妾身才好，奴家到了晚上自會前來與你相見。」

笑聲漸漸遠去，連海生身子一鬆，終於得以清醒過來，放眼望去，這床還是那床，房子

還是那間房子，房內除了自己再無他人，又哪來的紅衣女子。

褲下那包得緊緊的短褲裡頭，卻不知在什麼時候已經是粘稠的一片，原來竟是春夢一場。

房中彌漫著一種極為熟悉卻一時想不起是什麼東西的味道，走到窗邊掀開窗簾望向外面，竟然已經到了黃昏時分，怪不得房裡昏暗了許多。

該回去了，想起剛才那離奇古怪的夢境，連海生現在是半秒鐘也不願留在這裡，腳下叮地一聲細響，低頭望去，是一枚暗紅色的戒指。

戒指的款式頗為古舊，也不知是用何種材料製成，暗金色圓環邊上雕刻著一排奇怪的符號，會不是古董？應該值不少錢吧？連海生緊緊的將它攥在手心。

經過那梳粧檯的時候，連海生不經意地往上面瞧了一眼，只見一隻黝黑的死人牌位靜靜地立在那裡。

剛才怎麼沒發現這靈牌？連海生心頭一震，這屋子裡的古怪也未免太多了，又突然想起那

氣味，不正是祭祀死人時常燒的香火蠟燭味嗎？

連海生臉色瞬間變得蒼白，那裡再敢停留，連忙找到那洞口跳下水去，游回岸邊。

汪汪汪……岸上旁邊一間小屋子裡衝出一條黑狗，朝著剛爬上岸的連海生猛吠。這小屋子裡住著的是位年過六十的老修理工，原來是專門幫學校修理桌椅的職員，人老退休後無家可歸，校長見他可憐，便讓他住在這沒人要的小屋裡，這老頭便利用這小屋子開了個小賣部，倒也賺夠了點生活費。

「連你這畜生都來欺負我了！」連海生火大的破口大罵著，彎腰撿起一塊石頭，朝那黑狗砸去。石頭正好砸到黑狗大腿位置，黑狗痛得哀叫著退離幾步。

「年輕人，火氣別那麼大，我這黑狗頗具靈性，無事不會亂吠。」身著灰布衣服的老頭不知什麼時候出現在門口處。

伸手愛撫了一下黑狗的腦袋，再望往連海生，忽然臉色大變，低聲問道：「你是不是進入那邊的小姐樓去了？」

「怎麼了？難道住在裡面的人就是你？」連海生攤了攤手，一臉的若無其事。

「哼！」老頭從鼻子裡噴出一口氣，睜眼眼睛道：「我可沒那膽子敢住到裡面，老頭子我還沒活膩，這世上有命住進去的人可不多。」

連海生聽他說得古怪，一顆心提到了嗓眼上，追著問道：「難道那小姐樓裡有什麼……」

「不可說，不可說。」老頭連連擺手，打斷了他的問話。

連海生嘿嘿笑著，從之前脫下的褲子口袋裡掏出錢包，「不說就不說，來，給我拿包長壽牌香煙，要硬盒的。」

煙草香味縈繞著手指畫著圈兒飄散，老頭心滿意足地吐出一個煙圈，這才道：「不是我不想說，只怕我說出來了會嚇到你這後生晚輩。」

連海生把胸脯拍得啪啪作響，「不怕不怕，年輕人膽子比豹還要凶。」

老頭低頭噗噗地吸著香煙，良久才慢慢說道：「你大概也知道，這校園原來是一大軍閥

的莊園，這軍閥生前只生有一個女兒，為了香火著想就招了一個上門女婿，怎知在那新婚之夜，新郎也許多喝了幾杯，竟失足掉入這相思江中溺死，新娘受不了這打擊也在三天後投水身亡，這名將軍也因此精神錯亂，人變得瘋瘋癲癲的，最後離奇失蹤，這個莊園也就因此而荒廢。」

「最為可怕的是，從此以後，凡是有人搬進這小姐樓裡去住的，都無一例外在入住後不到三個月就自殺身亡。自此，再沒人敢搬進這間小姐樓裡去住了。」

連海生強打笑顏道：「嘿嘿，還好啦！我才沒想過要住進去呢！」

老頭抬起那渾濁的雙眼，直把連海生盯得心裡發毛，這才道：「年輕人，你是哪年哪月出生的？」

「今年十九了，屬龍，九月生的。」連海生看他表情嚴肅，也老老實實地回答。

「壬辰，癸巳，長流水……」掐著手指的老頭瞬間臉色大變，把手中的煙頭猛地往地上

一丟，走到屋裡砰地關上房門，過了好一會才有聲音傳出來。

「冤孽啊！真是冤孽！又是一個水命的人，老兒我也幫不了你啦，好自為之……」連海生聽得滿頭霧水，也不知道這老頭故弄什麼玄虛，抓了抓頭，找晚飯吃去了，不管怎麼樣，他晚上還得守著這幢有點陰森的宿舍樓。

夜色漸起，黑暗慢慢開始主宰著大地，時針分針滴滴答答地跳動著。

鐺……晚上十二點了，遠處老頭那老式掛鐘發出喪命鐘般的聲響。呀……呀……呀……夜鶯又在外面叫了，連海生沒由來地心生煩躁，順手拿起床頭邊上的一個杯子用力砸了出去。窗外的樹枝一陣嗦嗦作響，那夜鶯也不知道飛走了沒有，倒是那蛐蛐等蟲子的叫聲一下子全沒了，黑夜一下子陷入死寂般的安靜中。

一樓下面的大門似乎忘記關上了，靜下來的連海生忽然想起這件事，雖說學校放假了，宿舍裡沒什麼值錢的東西，但若有歹徒半夜溜進來破壞，自己這守衛工作可就失職了。

連海生拿起手電筒，一路小跑往樓下走去。大門果然沒關，遠處大路旁的路燈在稠稠的濃霧中散發著一圈圈昏黃的暈影，凌晨特有的那陣陣陰寒的氣息從門口處撲面而來，被這冷風一吹，手臂上的雞皮疙瘩馬上綻放開來。

不遠處似乎有個黑影在晃動，打開手電筒照了過去，只見一雙碧綠的眼睛閃著光芒正望往這邊，連海生嚇了一跳，然後才想起一定是老頭養的那條黑狗。不一會那東西就嗚咽著走開，聽聲音果然是那條黑狗。

「媽的！」連海生往外吐了一口痰，咒罵著伸手去推那大門。咿呀……老舊的木門在揪心的叫聲中慢慢靠攏，最後砰然合上，樓房裡的走道瞬間暗了許多，周圍的空氣似乎在這瞬間多了某種東西，連海生不敢多想，連忙跑了上去。

睡吧，睡著了就聽不到外面那夜鶯的叫聲了。連海生扯上被子蒙住全身，刻意要使自己睡過去。

水，全是水。忽然間彷彿置身於汪洋大海

之中般，冰冷的海水澆灌著頭髮、眼睛、鼻子、整個身體、每一個細胞。窒息、寒冷、難受……

連海生在水中努力睜大著雙眼，只見水底深處有一團黑色的絲帶在隨水舞動，他划動手臂游了過去，想要抓住那絲帶。絲帶卻忽然化成了千絲萬縷的頭髮，那頭臉慢慢轉了過來。黑到懾人心弦的眼珠，紅到像血般的朱唇，整個臉龐卻如石灰般的蒼白……

「郎君，你既已收下妾身定情信物，奴家稍遲便會風風光光地來接你。」

連海生大駭，大聲喝問道：「誰收了你的東西，我收了你什麼東西？」人猛地坐立起來，卻發現還在床上，全身上下像是剛從水中撈出一般，濕淋淋的全是大汗。

連海生跳下床來，一陣翻箱倒櫃，找到那枚詭異地散發著暗紅光芒的戒指，從窗口用力地擲了出去。

「還給你……還給你，咱們無拖無欠。」

呀……呀……呀……回答他的，只有夜鶯那淒迷而悠遠的啼聲。都說人一發慌，尿意便

會漲上來。連海生瞧了瞧四周，感覺膀胱脹得難受，鼓起膽子決定到廁所去解個小便。

通往廁所要經過一條長長的走道，走道上那路燈搖搖晃晃，明滅不定。明天得叫電工來維修一下了，連海生心裡暗想。長廊兩邊全是學生宿舍，一個個棕紅色的房門緊鎖，像極了下午在那小姐樓上看到的靈牌，連海生頭皮一陣發麻，連呸幾下，把這可怕的想法驅散出腦海。

滴……滴……

廁所那水閘還在漏水吧，遠遠就從盡頭那邊傳了過來，連海生感覺不堪忍受這種詭異壓抑的氣息，加快了腳步一陣小跑。廁所灰白相間的牆面稀稀落落地長著些青苔，下面的白瓷磚早已被尿酸腐蝕生出一條條棕色鏽紋，水閘的開關是徹底壞掉了，怎麼也關不上，那水珠滴答滴答地落下，一滴兩滴三滴……

聽說廁所是藏污納垢之地，那些髒東西最喜歡出現在這裡，連海生忽然閃出這想法，那水珠也在忽然間變得通紅，暗紅的顏色就像鮮

血一般，鮮血從水閘上匯聚成一條細線流進下面的水溝，整個水溝裡全是令人作嘔的血水。

一切都是幻覺，幻覺而已，連海生使勁搖了搖頭，低頭一望，自己正拉著的尿液突然間亦全變成了血水，鮮血如柱般向外噴射。連海生再也無法保持鎮靜，「哇…」地怪叫一聲，拼命往房間跑去。

砰地關上房門，哆嗦著扯來被子蓋住頭臉，只聽見外面的夜鶯又在哀叫。呀……呀……呀……第十三聲了，連著第三晚的第十三聲。

黑狗在樓外嘶聲吠叫，恍惚中，似乎有頂八人大轎從黑霧中遠遠飄來，抬轎護行的鬼卒鬼將披紅戴綠，嗩吶鑼鼓喧天囂鬧，隱約聽見有人喊道：「鬼王嫁女，生人迴避。」

爸爸別壓我的頭

　　有一對很有錢的夫妻，他們有一個五歲大的兒子，是一個幸福的家庭，他們以玩股票為賺錢的主要謀生方式，順著波段漲跌撈得不亦樂乎。

　　但好景不常，在某一陣子他們的股票全部慘跌，他們一下子從有錢人變成了負債累累的窮光蛋，每天都有人上門來討債。就在真的已經窮途末路的時候，他們想到了一個變態的方法，殺了自己的親生骨肉拿保險金來還債。

　　在一個烏雲密佈的星期三午後，他們帶著兒子到著名的觀光勝地日月潭遊玩，用手上僅剩的一些錢，租了一艘小艇遊入潭中。就這樣，三個人划呀划呀，不知不覺，已經划到了某個人煙稀少的角落。

「寶寶，你看那湖裡面，有恐龍喔！」爸爸溫柔的說著。

「真的嗎？在哪裡？」兒子用手抓著船邊，一臉好奇的把頭靠近湖面。就在此時，父親立刻把兒子的頭壓入水中。

只見兒子的手腳不停激烈的擺動、掙扎著，然後，雙腿一蹬，斷氣了！

父親整個人癱坐在船上，不停看著自己的手，不敢相信自己居然做了這種事。

母親則緩緩害怕地靠近兒子的屍體，想確定到底是死是活。她甚至不敢直視孩子的臉，因為她知道，這樣的死法表情一定極為痛苦。

半年後，獲得保險理賠的他們順利還清債務，繼續玩股票，幸運地東山再起，一切又如當年一樣，他們又是有錢的新貴夫妻了！而此時，也有了第二胎。他們發誓，絕口不再提大兒子的事情，要把所有心思放在事業和肚子裡的新生命上。

就在六年後，他們帶著第二個兒子，再度造訪當年遊玩的地點：日月潭。

　　這次，他們租了一艘華麗的遊艇，在湖光水色中盡情享受三人世界的幸福，不知不覺的，遊艇又開到了當年那個事發現場。就在此時，父親在無意識的情況下，居然又說了相同的話：「寶寶，你看那湖裡面，有恐龍喔！」講完後，父親忽然滿臉錯愕，不知道自己為何會說出這句話。

　　「真的嗎？在哪裡？」二兒子居然回應了與當年大兒子所說的話相同，而且，用手抓住船邊把頭靠近湖面。

　　此時，二兒子以相當驚訝的口氣說：「爸爸，你快來看，真的有東西耶！」

　　父親一臉狐疑，慢慢的靠近兒子說：「有什麼東西啊？」

　　兒子慢慢轉過頭來，帶著一臉陰森詭異的笑容輕輕的說：「爸爸，你，不，要，再，把，我，的，頭，壓，到，水，裡，去，喔！」

浮在空中的女鬼

　　有三個大學生因為彼此認識,而且感情又不錯,所以同租了一間公寓,一個叫小明,一個叫小寶,而另一個則是小新。

　　一天小明出去,回來時臉色蒼白,小新和小寶就問他怎麼回事,他沒說話就走到房內睡了,隔天小明就搬離了那棟公寓。

　　小新和小寶一直搞不懂為什麼他會有這樣的舉動,因為當天小明只出去了一下子,應該沒有什麼怪事才對。他們倆擺脫不了疑惑,於是就去問小明那天怎麼了。

　　小明跟他們說那天他到公寓的陽台吹風乘涼,突然看見一個長頭髮的女生對他微笑,但那是在五樓而陽台外沒一處可以立足的,何況那女的離他有十公尺,於是他知道他遇到那種

無形的靈體了，所以隔天才會馬上搬走，不敢待在那裡。

隔了三天後，小寶也搬走了，也是急急忙忙收拾了就走。據他所說，那天在同樣的地方，他也遇到了小新說的那個女的，這次那個女的騰空坐在空氣中向他揮手，他覺得不對勁，於是也搬走了。

就這樣過了三天，小明和小寶相繼發生了車禍，幸好沒有因此丟了性命。小新為了不要讓自己活在恐懼中，決定也到五樓確定一下，看到底是不是有人惡作劇，千萬別是真的。鐵齒的他去了，同樣地，他也搬走了。

後來，小新在接著每一次的睡夢中都會遇到那女的跟他說我要嫁給你。一直到他的家人幫他辦了一場法會，才解除了這個夢魘。

「OK，一百分！」

　　好幾年前，某個農工職校位於地下室的工廠曾經發生過這麼一件事。

　　有一位一年級的學生，他每次到工廠時車刀總是怎麼磨也磨不好，常常拿到零分。這個同學其它科目成績都不錯，就因為車刀不好而漸漸對自己失去信心。

　　他在信心漸失的狀況下精神越來越耗弱，直到有一天磨得正專心時，被一位冒失的同學不小心撞到而重心不穩摔倒，臉不慎被沙輪機磨掉了一半，很快就因為失血過多而死，臨死前還發出一聲聲令人不忍的哀嚎聲。

　　後來某一個夜晚裡，有一位夜間部同學因為進度落後而偷偷的跑到工廠去加工。突然間，那同學聽到沙輪機開動的聲音，他看到了一個

人站在沙輪機前不知正在磨什麼。

好奇的同學心想，這麼晚了是誰跟我一樣在趕進度，於是便走過去看了一看。突然，那人回過頭說：「老師，這樣ＯＫ了嗎？」

那同學此時才看清楚那個人居然拿自己的臉去磨，他嚇得昏倒在工廠，直到第二天才被發現。

後來便傳說，若在工廠看到一個無臉的學生，不要驚慌，只要對他說：「這樣ＯＫ，一百分！」他就會消失不見了。

胎　記

　　我和小陳是從小一塊長大的老朋友，他左手臂上有個奇怪的十字形的疤，我從小時候就見過了，據他說那是個胎記，出生時就有的，這樣的胎記雖然少見，但是多年的相處，我也早就見怪不怪了。

　　直到那年暑假……升高二那年暑假，有一天跑去小陳的家裡，當時只有他一個人在家，父母和一個姊姊都外出工作了。我看見他拿著戶口名簿，問他做什麼，他說待會兒警察要來查戶口。我閒來無事，就順手拿過他家的戶口名簿，隨意翻看，結果發現奇怪的事。

　　「咦？怎麼你還有個哥哥啊？」我看見戶口名簿中，長子那一欄登記著另一個名字，但是這欄的底下寫著一個「歿」字。

　　「聽爸媽說，他在五個多月的時候就死了。」小陳平靜地說。

　　我們認識這麼久，他從來沒提過這件事，不過更奇怪的事情是，小陳的名字，和他那位死去的哥哥的名字，是同音不同字。

　　「是為了紀念嗎？」我問。

　　「不是，而是因為……我就是他！」

　　後來小陳告訴我當年發生的事，當然，這些事都是他爸媽後來告訴他的。當年陳家的第一個孩子夭折的時候，陳媽媽因為受不了這個打擊，精神變得有點失常，整天不吃不睡，只是守著孩子的遺體，喃喃唸著：「緣份盡了嗎？緣份盡了嗎？」就在遺體將要火化的前一天晚上，她突然發瘋似的拿著刀子，在死去孩子的左手臂上深深地劃下一個十字形的傷口，並且說「緣份還沒盡……還沒……你一定會再回來的……」。

　　說到這裡，小陳靜靜地看著我，而我的目光，正停在他左手臂的胎記上。

　　「所以，你可以想見，我爸媽看見我這胎

記的時候，心情有多激動，他們認定我就是那個死去的孩子投胎再來的……」小陳說。

「哇！真不可思議！」我說：「但是，喂，你第一次死掉的時候到底看見了什麼？記不記得？」

「見鬼！」小陳捶我一拳：「五個月大還沒記性，記個屁！」

鬼道眾

這是很久以前的一個真實故事,是我同學的父親李伯伯的親身經歷。

大約在民國三十九年左右,當時李伯伯並未隨政府轉進來臺,還繼續留在浙江、福建沿海跟共匪打游擊戰。

有一天不幸中了共匪埋伏,整連軍隊死傷大半,極需一處安全的地方救護,當時部隊一直逃,一直逃,逃到一處不知名的村落。

由於大家打了敗仗,所以在和村人溝通時頗不客氣,在一陣強取豪奪後,問了一個村人何處有空曠的房子,那位村人帶著詭異的眼神告知了一個地方,於是大伙便向那地方前去。

不久就到達那個地方,果然是個非常空曠的房子,而且奇怪的是房子裡面有很多張床。

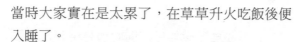

當時大家實在是太累了，在草草升火吃飯後便
入睡了。

　　到了晚上，由於李伯伯年紀最輕，因此被
迫守在門口當衛兵，當時李伯伯就覺得房子裡
有股冷風一直往外吹，而且是越來越強。

　　當李伯伯實在是冷得受不了正準備要進屋
時，忽然聽到耳邊傳來日本話的聲音，感覺上
好像不只一個，而且是有男聲也有女聲，就在
李伯伯覺得事態緊急要大聲呼喊時，突然感覺
有東西重擊了他一下，在昏倒地上之前，他隱
隱約約聽到「八格也魯」的聲音，並且從眼睛
的餘光中看見同伴的床被推來推去。

　　第二天早上，李伯伯從地板上爬起來，發
現睡在床上的同伴都不見了，只瞧見每張床上
有大量血跡，後來找了很久才在一間密室找到
同伴的屍首。

　　很慘，屍體都一塊一塊地，好像是被解剖
似的。看到這種情形，李伯伯和生還的人趕緊
收起裝備逃離那個村落。

　　後來，李伯伯和生還的同伴再度回到那不

知名的村落時，發現村人已渺無蹤跡，當李伯伯正心下遲疑，忽然見到前面樹林中有人影鑽動，而且看模樣好像是「土八路」，天呀！又中共匪的埋伏。

在一陣勉強抵抗，驚荒奔逃之後，李伯伯逃入村子後山的森林中，左顧右盼身旁祇剩下了三位同伴，黑夜籠罩的森林是格外地恐怖，李伯伯忍受著饑寒交迫一直走著，走著走著突然感覺周遭聲音有些怪異，接著又感覺到被人偷襲，敲昏了。

等到醒過來，李伯伯發現他們都被五花大綁，吊在樹上而周圍站了許多人，這些人仔細一瞧都是那不知名村落的人，人人臉上帶有怨憤，李伯伯的一顆心就涼了大半。

過了不久，從圍觀的村人之中走出來一個人，他手中拿著屠刀，李伯伯一見他就很眼熟，因為他就是那位眼神詭異告訴空曠房子的村人，結果害得許多人慘遭厲鬼殺害。

他走上來看看李伯伯說：「命很大嘛！在陰氣這麼重的房子過夜，居然還能活下來。」

　　說完他隨即將眼光轉移到李伯伯身旁的一位同伴上，然後以屠刀指著他說：「你這畜牲！是不是你強姦了張大嫂的女兒。」

　　話還沒說完，就見一位老婦人哭天喊地拼命捶打李伯伯同伴，就在李伯伯心裡覺得不妙時，那位拿屠刀的人向前一揮，就把李伯伯同伴的頭給砍了下來，接著還把他五臟六腑挖出來，丟給旁邊的野狗吃。

　　隨後，李伯伯驚嚇過度就昏過去了。等到他再醒過來，發現另外兩個同伴也不見了，但李伯伯不敢問也不敢多想，只能靜靜等待命運之神的安排。

　　第二天早上，村人又再聚到李伯伯所吊的樹旁，這一次，李伯伯已深深感覺到自己的心跳聲而死神在對他微笑。

　　在一陣喧嘩之後，這次走出來一個老婦人對著大家說：「各位！我瞧這孩子挺老實善良的，而且他並沒有做過什麼傷害村子裡的事，不如放了他吧！」

　　此話一出，很奇怪地，大家都沒有什麼異

議，而這老婦人就把李伯伯放下，並在李伯伯
耳邊輕輕說：「孩子，你現在離開恐怕不是好
時機，不如隨我來吧！」

李伯伯心想現在外有共匪，內有奇奇怪怪
的村民，的確不是逃跑的好時機，不如隨她去
再作打算。

後來李伯伯在那地方「避難」了許久，一
待就是四，五個月。在漸漸相處的日子之中，
李伯伯才知道救他的老婦人原來是村長夫人，
而那位眼神詭異的人竟是她兒子，叫「鬼道
眾」。

她這鬼道眾兒子早在幾年前就死於非命，
後來靠一位茅山道士利用借屍還魂的法術，將
好幾位孤魂野鬼的魂鍊成一處附在她兒子身上，
然後就復活了，並替他取名為「鬼道眾」。

這樣做，雖然有起死回生之效，但復活的
人未必是人，是好幾個孤魂野鬼的綜合體；像
她兒子復活後，就變得很冷漠，整天只知往那
陰氣很重的房子跑，而且似乎玩得很快樂。

至於那充滿陰氣的房子，的的確確住著許

多怨靈，因為那房子以前在對日抗戰的時候，是一家日本軍醫院，後來日本戰敗投降，那家軍醫院裡的醫生、護士都自盡了，而他們死的時候都是一個個躺在床上的。

清晨女鬼

　　很多年前，在我讀小學的時候曾發生過這樣一件事。正因如此，我覺得冥冥之中總有些鬼魅，使我這個受過高等教育的無神論者都相信世界上萬物都存在，也包括那些讓人膽戰心驚的東西。

　　那時，我正上小學四年級。一天，正輪到我們第三小組值日，我負責的外掃區是學校的後操場。平時我們都在這裡做早操，而現在還早，這麼大的操場連個人影都沒有，我就抓緊時間想快點打掃乾淨，因為我的作業還沒完成。

　　時下正是夏天，操場邊上種了一排樹，棵棵都枝繁葉茂，而操場旁邊的教學大樓也是滿牆密密麻麻的爬山虎。

　　很快，我把操場中央的垃圾都清除了，就

跑到草皮區去打掃，剛走近那裡，一灘紅色的東西映入我的眼簾，我再走近一看，天啊，這分明是一灘血，一灘鮮紅的血，還在流動的血，順著血望去，我看到了更可怕的，在鬱鬱蔥蔥的樹木後面隱隱約約可以看見一具女性的軀體。

我不知她是死是活，但我可以斷定這血來自那軀體。好可怕，在大清早碰上這種事，我不敢多想拔腿就跑，很快回到了教室，同學們還沒來，我驚魂未定，一個人在教室裡坐立不安。

突然，走廊上，響起腳步聲，我好興奮以為同學來了，連忙跑去開門，令我失望的是來者並不是我的同學，而是一位面貌似曾相識的女子，她年紀很輕，從她的穿著打扮上來看像老師。

對了，最近我們學校來了許多師範剛畢業的大學生，可能她也是其中之一，出於對老師的尊敬，我恭恭敬敬的向她鞠了一躬，問了聲早。

她也很有禮貌地朝我微微一笑，友好地攙

著我的手走進教室,奇怪的是,當時正是炎熱的夏天,而她的手卻好冰涼,再仔細一看她的臉也好蒼白。

她和我聊了一會兒,我對她說我功課還沒作完呢,她很熱心地協助我完成了功課,從和她的交談中我得知,原來她真的是我們學校新聘的老師,畢業於師範大學,從小就立志當一名教師,因此畢業後就來到了我們學校,可是最近遇到了許多不順心的事。

我問她遇到什麼不開心的事,她沒說。我們又聊了些別的,我還送她一朵教師節送給教師的紅花,她很高興,把它別在了胸前。

時間很快的過去了,太陽慢慢升起,校園裡也陸陸續續來了許多學生。她對我說她要走了。可是,在以後的幾天裡,我一直沒看見她。

後來,聽訓導主任說前幾天學校發生一件命案,有人死了,是個剛畢業的女大學生,到我們學校來當老師,由於沒什麼經驗,所以教學效果不好,被教務主任訓了一頓,可能是她的自尊心太強,受不了打擊就跳樓自盡了。

我突然想起前幾天早上遇到的事，心中已知曉了一二。放學後，當我再次來到那裡時，鮮血已沒有了，屍體也不見了，留在地上的是我親手做的一朵紅花。

蔭 屍

這是發生在高雄縣的真實故事。有個從事養殖業的家族,老父過世時,請了風水師,將父親安葬在他家漁塭附近的一個角落。幾年過去了,生活一切如常。

有一年,漁塭主人跟往年一樣,將魚苗放入父親墳墓旁的漁塭裡飼養。往後幾天,在餵飼料時,都看見魚兒在水裡游來游去。然而,到了漁產季節,下網一打撈,天啊!漁池裡竟然沒有半條魚!

這家人雖然覺得有點怪怪的,但也沒有深入去追究。而後接連兩、三年,都發生同樣的情況。

到了第三年,更奇怪的是,家族當中開始有人暴斃,一個接著一個。這家人開始覺得惶

恐不安，便找道士來看陽宅及陰宅風水。當道
士來到了魚塭邊，就問魚塭是否有異狀？主人
一五一十的告訴道士，池中的魚會無緣無故失
蹤。

　　道士聽了點點頭，命人去拿石灰，並將父
親的墓開棺。沒想到，父親已死了這麼多年，
屍體竟沒有腐爛。道士立即做了一些儀式，並
將屍體火化。

　　事後道士告訴漁塭主人，他父親因吸收魚
的精華而成了民間俗稱的「蔭屍」，時間久了
會對其家人不利。

　　在此，奉勸若有往生者出現蔭屍現象，要
儘快處理！

你相信誰？

　　某大學登山社在寒假期間舉辦登山活動，其中有一對感情很好的情侶也參加。

　　當他們到山腰準備攻頂時，天氣突然轉壞了，但是他們還是執意要上山去，於是就留下女同學看守營地。

　　過了三天，一直沒看見男友及其他人們回來。那女同學有點擔心，心想可能是因為天氣的原因吧！

　　等呀等呀，到了第七天，終於大家都回來了，可是唯獨她的男友沒有回來。大家告訴她，在攻頂的第一天，她的男友就不幸死了！

　　他們趕在頭七回來，心想他的魂魄可能會回來找她。於是大家圍成一個圈，把她放在中間保護著。到了快十二點時，突然她的男友出

現了！還混身是血的一把抓住她就往外跑。他女朋友嚇得哇哇大叫，極力掙扎，這時她男友告訴她，在攻頂的第一天，就發生了山難，全部的人都死了，只有他還活著……

　　若換作你，你要相信誰？

沒人和我搶了

　　有一個男生晚上要坐公車回家，可是因為他到站牌的時候太晚了，他也不確定到底還有沒有車，又不想走路，因為他家很遠很偏僻，所以只好等著有沒有末班車。

　　等啊等啊，他正覺得應該沒有車的時候，突然看見遠處有一輛公車出現了，他很高興的去攔車。

　　一上車他發現這班公車很怪，按理說因為路線偏遠，最後一班車人應該不多，但是這部公車卻坐滿了人，只剩下一個空位，而且車上靜悄悄地沒有半個人說話。他覺得有點詭異，不過仍然走向那個唯一的空位坐下來。

　　那空位的旁邊有個女的坐在那裡，等他一坐下，那個女的就悄聲對他說：「你不應該坐

這班車的。」他覺得很納悶，那個女人繼續說：
「這班車，不是給活人坐的……」

「你一上車，他們（比一比車上其它的乘
客）就會抓你去當替死鬼的。」

他很害怕，可是又不知道該怎麼辦才好，
幸好那個女的對他說：「沒關係，我可以幫你
逃出去。」

於是她就拖著他拉開窗戶跳了下去，當他
們跳的時候，他還聽見車裡的「人」大喊大叫
著「竟然讓他跑了！」的聲音……

等到站穩的時候，他發現他們站在一個荒
涼的山坡，他鬆了一口氣，連忙對那個女的道
謝。那個女的卻露出了奇怪的微笑：「現在，
沒有人跟我搶了……」

夢中人

　　小寧最近總是夢見同一個夢，夢裡一個男人對她說：「妳來嘛，妳來找我嘛，我等妳……」

　　終於，小寧忍不住了，於是問他：「你是誰？我怎麼才能找到你呢？」

　　男人說：「明天中午十二點在和平公園門口的公車站牌邊等我，我這裡有一顆痣。」男人用手指著自己的下巴。

　　醒來，小寧匆匆去找好友家惠，然後把一切告訴她，家惠答應陪同她一起前往。

　　中午十一點五十五分兩人在約定的地方等，卻不見男人來，天氣炎熱，小寧對家惠說：「太熱了，我到對面買兩枝雪糕，妳在這裡等我。」說完小寧便朝著街對面走去。

就在這時，一輛車子衝了過來，一聲慘叫……家惠跑過去探視小寧，只見她已倒在血泊中。

撞倒小寧的那輛車的駕駛此時打開車門下來要協助把小寧送到醫院，家惠一抬頭發現這是一輛靈車，靈車中放著一具玻璃棺材，裡頭躺著一個男人，下巴有一顆痣……

家惠恍然大悟，看看自己的手錶，時間正好是十二點整，再探探小寧的呼吸，已經停止了。

Chapter

3

誰是鬼魅娘

這一剎那我覺得很冷，全身動彈不得，在後面好像有個黑影一步一步地向我逼近，我轉身一看，媽呀！一個五官殘缺的女鬼，只有一張蒼白的面孔和一雙目露凶光的眼，她的頭髮很長，還發出陣陣惡臭……

說鬼故事的人

劉成很會講鬼故事，每次他講鬼故事，都會把膽小的人嚇哭。這一天，他所住的公寓正好停電，大家都聚在樓下等電來。

那夜的月光非常亮，照得每張臉都看得清清楚楚的。大家的臉都是亮晃晃的，只有劉成的臉泛著一股青氣。大家便開玩笑說著：「劉成，你的臉色很不好看，好像撞鬼了一樣。」

劉成笑笑，沒有說話。閑來無事，大家便都要劉成講兩個鬼故事。劉成斜睨了幾個女孩子和小孩一眼，搖搖頭：「別嚇壞了孩子和女孩子。」然而那些女生和小孩子雖然膽子小得要命，卻偏偏又特別喜歡聽鬼故事，於是死命地求他講。

劉成終於答應了。開講之前，那些膽小的

人就先搶了中間的位子坐著，兩邊都有人就沒那麼害怕了。

劉成說的第一個故事，是關於一具無頭女屍的。

有一天，警方挖出一具女屍。這女屍沒有頭，只有一個身體。她的身體非常美，肩膀上有一塊梅花形的紅胎記，皮膚異常白皙，紅白相映，有說不出的妖豔動人。

從身體來看，她大約二十出頭，胸部渾圓飽滿，腰部纖細而健康，雙腿筆直修長，可以想見生前一定是個美麗的女子。

警方在附近搜尋了許久，始終沒有找到女子的頭顱。這女子的屍體在殯儀館停放著，等人來認領。當天夜裏，就有一個老婦人和一名少女來認屍。那老婦人的年紀大約五十歲左右，氣質十分高雅，自稱是女屍的母親。那名少女是死者的妹妹，長著一張很漂亮的瓜子臉，卻不甚健康，臉上沒有多少血色。少女穿著一件長長的風衣，足下一雙高統靴子，全身包裹得密不通風。

　　當時正是初秋，天氣還頗為炎熱，這種裝扮令警察們都朝她多看了幾眼。那少女步態十分輕盈，飄飄若仙，她母親一隻手挽在她腰間，兩個人跟隨負責的警察進了停屍間。

　　女屍被一塊白布從頭到腳蓋著，揭開白布，那母親搖晃了一下身體，閉了閉眼睛，眼淚不受控制地流了下來。

　　那少女怔怔地看著，似乎有些悲傷，卻沒有流淚，只是輕輕拍打著母親的肩膀，叫她不要哭。

　　當時在場的警察轉過身去，有些不忍心看做母親的悲傷情狀。等他轉回身來，女屍已經被白布蓋好。那母親彷彿是悲傷得說不出話來，只是揮手要出去，倒是那少女對警察說道：「這是我的姐姐。」

　　按慣例，死者的親人是要被問話協助調查一些情況的，不料警察剛把這個意思說出來，做母親的就往後一倒，暈了過去。少女急忙將她搖醒，歉意地道：「我媽現在身體狀況不好，我先送她回家，明天再來協助調查，好嗎？」

警察同意了。於是少女攙扶著她母親慢慢走出去，上了一輛計程車，絕塵而去。

既然屍體已經被認領，法醫立刻就來解剖。揭開白布，卻看見下面空空如也，什麼也沒有。當時在場的人都嚇呆了。過了一會才有人想到那兩母女，追出去，自然已經追不上了。

只見門前的泥地上留著兩行女子的足跡，一行進來，一行出去，進來的腳印只有一個人，出去的腳印卻變成了兩個人，多出來的那個人的腳印是細高跟的足跡。

原來那少女便是死者，她被人殺害，頭顱和屍體分開。頭顱穿了長大衣，長統靴來找母親，把事情說了，就一起來到殯儀館，乘機將身體安放在頭顱下帶了出去。至於這少女後來去了哪裡，卻沒有人知道。

公寓裏的人聽了這個故事都起了一身雞皮疙瘩，有個女孩更加害怕地說：「你為什麼要說這個故事？」原來她的肩膀上就有一塊梅花形的紅胎記，在公寓裏也不是什麼祕密。

劉成淡淡一笑：「害怕了？那我就不說

了。」可是人們對於鬼的興趣已經被提上來了，就有一個小孩子說：「我也來說個鬼故事！」這孩子說的，也是關於一個孩子的故事。

有個叫東東的男孩，已經到了要上學的年紀。

學校裏開學的日期大都是九月，正是穿短袖衣褲的時候，但是他媽媽卻給他買了一身長袖制服。

他很不高興，說別人都不是這樣穿的，但媽媽一板臉，他就害怕了，只好穿著長袖制服去上學。

大家看見他穿成這樣都取笑他，幸好有個小女孩很善良，過來拉著他的手和他玩。他當時就覺得有一種很奇怪的感覺。

回到家，這男孩對媽媽說：「媽媽，我們學校裏有個女同學，身體硬梆梆的。」

媽媽聽了一怔，命令他以後不能碰那個女孩的身體。他很聽話，從此就再也沒有拉過那女孩的手。同學之間偶然會打鬧，別人的手碰到他的身上，他又很納悶的跑來告訴媽媽：「媽

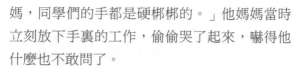

誰是鬼魅娘

媽，同學們的手都是硬梆梆的。」他媽媽當時立刻放下手裏的工作，偷偷哭了起來，嚇得他什麼也不敢問了。

有一天上體育課，同學們都在更衣室內換衣服。他看見同學們脫下衣服後的身體，嚇得大叫起來，然後就暈倒了。

老師把他抱出去救醒，問他是怎麼回事，他抽抽噎噎地說：「同學們都是鬼！」老師自然不信，他著急地說：「他們的身體都是怪樣子！」

老師笑著問：「他們的身體很正常呀！跟你的身體一樣。」

他立刻說：「不，我的身體跟他們不一樣！」說著他就脫下自己的衣服。只見他的衣服裏面是一副布娃娃的身體，軟綿綿的，純白棉布包著棉花做成。

原來他媽媽生下他不久，他就夭折了。媽媽捨不得他，就將他的頭連在一個自己縫製的布娃娃上。他也不知道自己死了，就這樣靈魂依附著布娃娃活了下來。

　　媽媽每年為他換一個大一點的身體，他也就像正常孩子一樣漸漸長大。這個鬼故事倒是不怎麼嚇人，大家感慨了一陣，紛紛歎息那個孩子可憐。

　　劉成被這個故事激發了興致，便又講了起來。這次的故事和司機有關。

　　有個司機，心地很善良，從來不殺生。他愛上了一個很漂亮的女孩，那女孩一點也不喜歡他，就故意捉弄他，說除非讓她吃到人肉才能嫁給他。

　　這司機很為難，因為他不殺生的，但是他又很喜歡這個女孩。這天，司機邀請女孩到他家裏去。女孩去了，只見他的灶臺上燉著一鍋噴香的東西，便問是什麼。司機憨笑道：「人肉！」

　　女孩聽了大吃一驚，旋即笑道：「你這人也開起玩笑了。」

　　司機微笑一下，不再說話。過了一會，燉肉上了桌。司機遞給女孩一副碗筷，女孩嚐了一口，鮮美無比，一口氣喝了好幾碗，卻發現

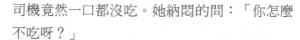

司機竟然一口都沒吃。她納悶的問：「你怎麼不吃呀？」

那司機微笑著說：「你現在可以嫁給我了？」

女孩正要罵他神經病，忽然覺得不對勁，趕緊問：「你怎麼這麼說？」

司機說：「你說過，吃過人肉就嫁給我！」

女孩開始害怕，指著桌上的肉，強自鎮定道：「你不是從不殺生嗎？」

那司機淒然一笑：「沒錯，所以我殺了自己！」說著伸手一指。女孩轉頭一看，裏面的房間立著一塊靈牌，上面赫然寫著司機的名字：劉成！

說到這裏，人們都驚叫起來，半信半疑地望著劉成。劉成的神色在月光下顯得十分詭異，慢慢靠近一個女孩，說：「你現在嫁給我嗎？」

那女孩嚇得跳起來，躲到別人身後：「你到底是人是鬼？」

大家都開始往後退，劉成露齒一笑，雪白的牙齒在月光下閃閃發光：「我是人！」然後

他狂笑起來。

驚魂不定的人們都鬆了一口氣，打了他幾拳，又重新坐攏起來。劉成正要再講鬼故事，忽然看見一個小孩身後冒出一股青煙，那孩子的身體漸漸變淡了。他還沒反應過來，就聽見旁邊的人紛紛說：「出事了出事了，快擋住風！」他一邊擋風一邊問怎麼回事，一個老人說：「小孩魂弱，被你一嚇，就快魂飛魄散了！」

他一下子沒聽明白，就被一個婦女狠狠打了一巴掌：「沒事嚇孩子，你不想活了？」大家也都責備地看著他，然後這些人一起都不見了。

他猛然心跳加速，只見後面的公寓變得破舊不堪，彷彿是幾十年沒人住過一樣，破窗扇在風中搖蕩，發出駭人的聲音。

他冒出了一身冷汗，忽然看見還有一個孩子沒走，劉成好像看見救星一樣，走過去問：「這是怎麼回事？」

那孩子說：「他們都是鬼呀，這是鬼住的

地方呀！」

　　他仍舊不信：「那他們怎麼會被鬼故事嚇到？」

　　那孩子說：「鬼也會膽小嘛！」

　　他見那孩子說話清清楚楚，便說：「你不是鬼吧？」同時將手放在他肩膀上。

　　那孩子沒有回答他，自言自語道：「媽媽怎麼還不回來？」

　　他摸著孩子的肩膀，覺得像布一樣柔軟，再看這孩子，就是剛才講故事的孩子，這麼熱的天，還穿著長袖衣褲。

廁所老婆婆

　　這是小美在大學暑假工讀時遇到的事。小美上班所在的樓層除了她的公司之外,還有其他一些公司,都是一些很小的公司,而一層樓只有一個廁所,在走道的盡頭。

　　通往廁所只有兩條路,前面是洗手台,門口有一面鏡子。平時工作很忙,小美和同事要上廁所的時候幾乎是跑著去的。

　　某天還是和往常一樣,小美匆匆衝進廁所。有一道門是虛掩的,小美可以看到裡面已經有一個人了,那個人她並不認識。小美於是選擇了旁邊的那個去上。等到出來的時候,洗手台已經有一個長髮的女孩在洗手。那是隔壁公司的女孩,小美和她在走道上遇到過很多次,雖然從沒打過招呼,但也算是半個熟人了。

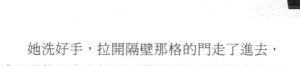

　　她洗好手，拉開隔壁那格的門走了進去，咦？那格是有人的呀！難道剛才看到蹲在裡面的……小美沒有多想，快步走了出去。

　　過了一些時間，又是在廁所裡，小美第二次看到了那個女人。

　　那是個上了歲數的阿婆，一身黑色的棉衣，臉色蠟黃，整個臉都是浮腫的，小美剛進去時就看到，她依然蹲在有窗戶的那間。那女人看見小美，居然露出的詭異的表情，「啊！」小美尖叫一聲，就衝了出去，正好撞到隔壁的那個女孩。

　　「你怎麼了？」她問道。

　　「有……有鬼！」小美連氣也喘不順了。

　　「不會吧？」她在聽到時露出了驚訝的表情。

　　「千萬別去有窗戶的那一間！」小美緊張的告訴她，然後又不厭其煩的對每一個人嘮叨。

　　後來，小美已經不再到那間廁所，寧願去外面麥當勞的廁所，然而就算是這樣，小美還是第三次看到了那個阿婆！

　　不是在廁所，而是走道，她在人群中跌跌撞撞的走，沒有人注意到她，小美顧不上淑女形象，大叫著衝進了辦公室。

　　「怎麼回事？」經理納悶不解地陪小美到走道上，哪裡？她居然還在！如此明目張膽？難道只有小美能看見她？

　　「她……」小美指著那個穿著黑色棉衣的阿婆。

　　「她？她是這個大樓的清潔工！最近大樓要求不只晚上清潔，早上也要清掃走道，所以你以前沒見過她。我看你是發神經！」

　　經理不屑的扔下小美，快步走了回去。昏倒！原來是虛驚一場，害得小美每天為了上廁所跑好幾條街！現在終於可以放心的上廁所了。

　　小美再進去廁所裡，又遇到隔壁的那個女生，她對著小美笑了笑，就出去了。廁所門口正對著那面鏡子，小美出來的時候整理了一下衣服，忽然想起那個好笑的誤會，想向她說一下，就轉身叫她。

　　天啊！她看到了什麼？碩大的鏡子裡，小

美只看到自己而已,而轉過頭來看小美的那女孩,在鏡子裡壓根兒連一點影子也沒有!

　　小美終於明白了,果然是個誤會!那天的那個清潔工確實一直蹲在那間裡啊,而那個女孩之所以可以進到裡面去,是因為她……她才是真正的鬼啊!

　　ps:別相信任何陌生人,包括你常看到的人,也許他就是……

妖婆婆

二十世紀五〇年代，人的情感還是純潔的。越是古老的小鎮受外界的影響越小，人自然也是。

聽說鎮上最老的房子就是小菊家住的那間有一百多年的歷史了，樓下到樓上一共住了六戶人家，中間是個大大的天井，天井的中間是口歷史悠久的水井。青苔已經爬滿了井沿。

這個公家機關分配的房子，李奶奶和李老爹當初是不願意分到這裏的。倒不是這房子不好，房子是很大的，乾淨清爽。只是一到晚上李奶奶就不讓小菊隨處走動，八點之前一定要回家。十點以前一定要關上門窗睡覺的。小菊是乖巧的，她倒從來沒有問過為什麼。

大院子裏最深處住的老寡婦張王氏，老太

太很高壽了，今年已一百出頭了。他老伴死得可早了，四十出頭先一步去了。到如今張老太太已經是四代同堂，孫媳婦還算爭氣，曾孫已經五歲了。唯一不足的是老太太最近開始掉牙了，人也有點不行的樣子。

有年輕人問老太太歲數，老太太幾年前就一直說九十多，一直說了好些年了，還是九十多。那天中午小菊正準備上學去，突然有幾個戴大帽子的進到院子裡。問了房子裏的人很多問題。小菊聽明白了，原來鎮上有個小孩失蹤了，最後好像有人看到是在這附近出現過。

「李奶奶，院子裏的人我們都問過了，您看看還有誰家的人沒在場的，幫我叫出來，我們都問問。」

「小趙啊，基本都在這了，只有個張老太，在最裏面那間，一百多歲的人了，最近看著快不行了，你看還要去問嗎？」

「這樣啊，那算了，這麼大年紀了，能問出個什麼……我們所長叫我代他向您老人家問好，他老是跟我們說以前他爹在你們家當管家

的事，還有他小時候的事情，非常有趣。」

「那都哪個年頭的事了，不提它不提它！」

「那好，您忙著，我們去別處找找。」小

小菊放學的時候正好看到張老太太在井邊洗菜

刀，刀上帶了點血。

「老太太，您在做什麼呢？殺雞吃嗎？」

「嗯哦，小菊啊，是啊，我今天殺了一隻

雞，哎呀，快不行了，能吃就吃點吧，也不知

道明天早上還能不能爬起來。」

「您為什麼不搬過去和兒孫們一起住呢？

一個人在這裏多不方便。」

「我可不想顧人怨，再說了，我不知道怎

麼的，就是不想離開這裏，大概是這裏住習慣

了。」

回家之後，小菊習慣上總是會和李奶奶聊

天，說著說著就說到張老太太的事。

「你說張老太太在家裏殺了隻雞？小菊，

你沒說錯吧？她都沒牙齒了，吃得來嗎？」

「沒錯啊，她自己說的。」

半個月過去，那個失蹤的孩子依然沒有找

到，不但沒有找到，反而又一個失蹤了。

　　這天小菊放學回來的時候看到張老太太是在院子裏曬著太陽的，嘴裏還吃著什麼。「嘎吱嘎吱」，小菊看老太太的手，手裏一把「金棗」鄉下特有的一種小吃，麵粉做的，沒有好牙齒咬不動的。

　　小菊想想，自己都不一定咬的動呢，老太太的牙齒可真好。不過小菊又想，不對啊，老太太的牙齒不是掉光了嗎？

　　「哎呀，小菊回來了，吃點？」說著，老太太一手就遞過來。小菊道：「吃一兩個就好，吃多了我牙齒也受不了。老太太，你胃口真好。」

　　「小丫頭年紀輕輕，牙齒還不如我呢，呵呵。」說著老太太樂的笑了起來，露出一口雪白的牙齒。

　　小菊回家後又跟奶奶說了，說張老太太最近身體好轉許多，最神奇的是，她居然長了一口新牙。

　　「小菊，你要知道，生老病死是自然法則，

老了身體會差，會垮，會掉牙，這是正常的。如果背道而馳便是異常了。古書裏對異常的事物是怎麼解釋的？妖異妖異，這個妖字用得好啊！」

張老太太的兒孫們是經常來看她的，基本十天左右來一次，有時候一起，有時個別的來。小鎮的太陽照常的東起西落著，只是小鎮裏接二連三的失蹤小孩。鎮裏已經開始鬧開了，有的說是外地有人口販子來了，有說是狐妖做的，更有說是山上的狼叼走了，什麼傳言都有。

這天晚上因為警察又來這邊查問線索，自然忙亂了點。所以睡得也遲，小菊還在想著小孩失蹤的事，躺在床上翻來覆去，輾轉難眠。突然窗外有聲音傳來「嘎吱嘎吱」聽不大清楚，但小菊知道應該是牙齒咬東西的聲音，而且是很脆的那種，是誰家啊？現在還在吃東西……想到這個的時候，小菊也睡著了。

張老太太的身體是越來越好了，成天在院子裏閒晃著，曬太陽，找人聊天，和一個半月前簡直是判若兩人。很多人都恭喜老太太，說

像您這樣肯定是上輩子積了德，能有幾個人有你這種福氣，到老了一點也不求人的，自己身體這麼好，況且牙齒掉了居然長一口新的，這長新牙齒可是只有小時候才有的事啊！

　　小孩還在失蹤著，每十天失蹤一個。警察們已經快承受不住壓力了，所長已經下了最後通牒，再抓不到人，找不到小孩就報到上面去，讓上面派人來協助。李奶奶那天下午去了所裏，和所長在房裏說了好久的話。

　　「你把這些符發給家裏有三到八歲的孩子家，讓他們在孩子床上，房間門上，還有孩子身上都貼上。」

　　「這有用嗎？」

　　「有沒有用，我不能保證，但試試吧！」又到了按照估計該走失孩子那天了，在一片不安中那一天過去了。一直到晚上到第二天早上，所長一直在辦公室杵著。幸好沒有人來報案。

　　小菊這天放學進院子沒有看到張老太太，老太太今天沒有出來活動，也許是這幾天累了，在家歇著呢！剛準備上樓，院門口進來兩個人，

張老太太的孫媳婦帶著兒子來看看老太太了。小孩子長的非常可愛，粉嫩嫩的臉蛋。小手指頭一個個飽滿圓實「真像棗子啊」不知道怎麼的，小菊想著想著就是想到了金棗上面。

小鎮的夜是悠閒的，愜意而舒適；小鎮的夜也是美麗的，幽靜而深遠。小菊覺得奶奶最近好像在想著什麼，經常深鎖著眉頭。小菊想我來說點高興的事情吧！

「奶奶，今天張老太太的孫媳婦來了，來看她，晚上剛來的。他們家挺孝順的。」

「你說張老太太家裡有人來？那晚上有沒有留下來過夜？」

「是啊，來得很晚的。」張家的小媳婦覺得老太太今天有點累了，無精打采的。她做了點飯菜和老太太吃了便坐下聊些話兒。

「你來就來，這麼晚的你把小傢伙帶來做什麼？快回去吧！」

「都晚了，我們今天來就沒打算回去，今晚就在您這裏住一晚，明天再回去。晚上讓小傢伙跟您睡好了，您也好久沒看到他了，他也

想老祖宗您呢！」

張家小曾孫叫國興，國興睡到半夜時分聽到床那頭老祖宗處傳來嘎吱嘎吱的聲音。

「老祖宗，您在幹嘛啊？吃東西嗎？」

「是啊，老祖宗餓了。」

「您吃什麼呢？」

「金棗。」

「好吃嗎？我能吃嗎？」說著國興已經從床這邊爬到了床那邊，但是國興看到的是老祖宗在咬自己的手指頭，咬的嘎吱嘎吱的響。老祖宗舔了舔舌頭，拿起國興的手放在國興的嘴邊。

「吃吧，這是你的金棗。」

「這是我的手指頭啊。老祖宗，您搞錯了吧？」

「沒錯，你看老祖宗的。」說著把自己另外一隻手的手指頭也嘎吱嘎吱的咬了下來。小國興想老祖宗怎麼不疼呢？難道手指頭真的能吃？可是吃了不是沒了嗎？正想著，老祖宗的手指頭就突然長了出來。

「看看，老祖宗說沒事吧！小乖乖，把你的讓老祖宗咬一口怎麼樣？」

小國興聽著話的時候，手已經被老祖宗拿起來放在了嘴邊，然後小國興聽到了「嘎吱」一聲，接著是痛，一種揪心的痛。嚇傻了的國興「啊」的一聲大叫起來。

這一聲大叫整個院子的燈都亮了起來。

李奶奶第一件事就是跑到小菊那裏「小菊，今天張老太太家來了幾個人？」

「兩個，還有個小娃娃。」李奶奶下樓後把大夥都攔在了一起，然後自己進了張老太太的屋子。進去後裏面的響動很大，大概五分鐘後突然停了，死一般的靜，站在屋外的人被這種靜快壓的透不過氣來了。突然的又大聲響動起來，很激烈的，然後又安靜下來。

李奶奶走出來的時候身子很虛弱的樣子，一出來就扶著牆坐下來。

「你們誰都不要進去，找個人把老所長叫來。」老所長是連滾帶爬的走了進來，然後跟李奶奶一起走了進去。

　　小國興躺在地上，只剩一個軀幹，頭和四肢都沒有了，脖子和四肢連接處均有清晰的齒印。張家的孫媳婦腦袋裂開躺在桌子邊上，屋子中間一灘黑血。

　　「所長啊，那小媳婦是從後面抱住了她，腦袋被打爆了還抱得死死的，不然我可就出不來了。也正是老太太被抱住才讓我的鏡子照到，她已經不能算是人，但也不是鬼，我也不知道是什麼，只是，老所長，這裏的情景不能讓外人看到，你知道我的意思吧！」

　　「哎，看到兒子變成這樣，也難怪她有那樣的力氣抱住她。那個，她被您制死了嗎？」

　　「我不知道。只剩這灘血了。其實我本不想搬來這裏，但我知道這裏是陰陽交界，這裏的地穴位置不對，就是所謂的靈氣太重之地，容易形成一些不乾淨的東西，住這裏的人如果不注意，容易出很多事情，你也不要想著把這裏拆了，那沒用，你拆了這裏，那些東西會搬到別的屋子的。有人住反而好，用人的陽氣還能壓一壓。」

　　老所長閉門三天才寫完這案件的報告，實在是不好寫。

　　那天所裏調來一個新同事。新人報到總要積極點，所以他做到很晚了，又主動加班。下班後已經很晚，走到弄子深處時看見有個老太太蹲在地上，老太太抬頭對著他笑著問：「要吃金棗嗎？」

網路續前緣

　　綠茶是我收的第十五個徒弟，屬於極其聰明和快樂的後現代主義青年，附帶一提，她唱歌非常好聽，聽過之後餘音嫋嫋，過耳不忘。

　　本來這個故事她是不許我說出來的，但我想，這件事不太能算是個鬼故事，至少如果發生在我身上，感動會遠遠超越恐懼。講這個故事之前，我先聲明我自己不是個宿命論者，這樣才能保證故事中立不至於產生太強烈的情感趨向。

　　綠茶十分相信命運，算是個忠實的宿命論者，我記得第一次和她聊天時，她曾問我信不信前生來世，我笑著對她說：「我信，但是人在轉世投胎前會喝一盅孟婆湯，在喝過孟婆湯之後就什麼都忘了，所以有沒有前生和來世對

我們來說沒有任何意義。」

綠茶搖著頭說：「我不是很認同你的說法，你知道嗎，從小學開始，一直到現在，我好多次做過同一個夢，很清晰的夢，我想那大概就是前世留下的記憶吧！」

聽到這兒，我突然想起倪匡的一篇關於夢境的小說，與綠茶的情形很像，於是我饒有興趣的問綠茶那是什麼樣的一個夢。

綠茶猛喝了一大杯酒，把夢境一五一十地形容出來：「夢中的綠茶在一個很富麗堂皇的院子裏放風箏，身上穿的是不知道什麼朝代的服裝，放風箏的時候聽見院外有馬嘶，於是她努力地爬到梯子上想看看院外的情形，一不小心就從梯子上摔了下去（據綠茶說，她在夢中都能感覺到那種劇痛）。

在恍惚中，聽到有人輕輕呼喚她的名字『小蝶，醒來』」，說到這兒時，我樂了：「好傢伙，綠茶徒弟，原來你上輩子叫小蝶呀？」

綠茶白了我一眼，繼續說：「我睜開眼睛的時候，看到了一個很帥很酷的男人抱著我，

他身穿一身古時候的軍裝，我不知道他是誰，急著掙扎，他就問：『小蝶，你怎麼了，我是天齊啊，你不認識我了嗎？我是專門從前線回來娶你的。』」

說到這兒，我哈哈大笑：「綠茶，他怎麼不說古語啊，夢裏面他說不說英文呀？」

綠茶當時就急了：「你還想不想聽啊，我不說了，哼！」

我忙著陪不是，求了半天，始終沒聽到下文，正好那天我喝的有點茫，沒再問下去，於是這段故事也就此告一段落。

過了幾天，突然在凌晨三點接到綠茶的一通電話，顫抖的聲音：「師傅，不好了，我遇見鬼了。」我問她怎麼回事，她結結巴巴說不清楚，我就叫她去喝點酒再繼續說。

過了一會兒，她稍微平靜了一點，把發生的事情說出來：剛才我在安其聊天室哈拉，就剩下老象和文物在，很冷清，我覺得沒什麼意思，就想走了，臨走前去收了一下。本想收完就下的，這時候突然進來一個叫天齊的，上來

就用大紅字打：「小蝶，你在嗎？」我當時第一個反應就認為那個人是你，因為我只和你一個人說過這件事，我就罵：「臭師傅，不要亂開玩笑，我會怕。」

那個人又說：「我是天齊啊，小蝶你還記得我嗎？」

那我就有點不大高興，我對那個人說：「師傅，我不喜歡你開這種玩笑，以後不和你說了！」

那個人繼續說：「小蝶，你答應過等我從前線回來就嫁給我的，我送你的玉佩還在嗎？」當時我嚇傻了，因為那天我沒把夢境的後半段告訴你，在夢裏面那個男人確實拿出一塊玉佩送給我，我問：「你送我的玉佩是什麼形狀的？」

那人說：「是我家祖傳的古玉，正面雕著一匹麒麟，反面是大篆文『馳騁疆場』。」

和我夢境裏一模一樣，在此之前，我沒告訴過任何人這個細節，當時我根本反應不過來，就懵懵的問：「你還記得我家的後院，是什麼

樣子嗎?」

那人飛快的回答出來,描述的就是我夢中的那個院子,我現在都在納悶當時怎麼會有勇氣繼續問下去,我問他:「你來幹什麼?」

那人說:「小蝶,我找你找得好苦,這次總算找到你了,我們走吧,一起去投胎,我們可以同年同月同日生啊!」我這才意識到那個人的目的是叫我去死,嚇得我馬上關了電腦,這時候螢幕就這麼閃了一下,黑掉之前我清清楚楚的看到那個男人的臉,就是我夢裏的那個男人啊!

說到這兒,綠茶哭了,她不知所措,當時我也傻了,我就說:「你趕緊把所有的燈都打開,然後把我上次送給你的那個護身符帶上,但願能起一點作用,別掛電話。」

那時候我唯一的念頭就是借屍還魂,綠茶說:「算了,我自己想靜下來想想,想好了再給你打電話吧,我先掛了。」

我大喊別掛,可是她還是掛掉了。第二天下午,她又打了電話過來,說請了會道術的人

來家裏看，人家說房間太陰什麼的，要改，把
陽臺打通等等。我也沒怎麼細聽，就說，你還
是先換個地方住吧，找個人陪你住。過了好多
天，綠茶告訴我，已經把家裏重新裝修過了，
家裡的陽臺全部打通，天花板上也鎮了本金剛
經，應該沒事了。

　　後來我仔仔細細想了這件事，覺得很納悶，
為什麼鬼都是透過電腦網路出現在人的眼前呢？
想了半天得出了一個結論，鬼魂是以電磁波形
式存在的，但凡能在人的眼前顯形的鬼應該是
磁場很強的，一般的鬼魂是沒有這個能力的，
可是直接透過網路顯形就應該容易的多，這也
就是我們在網路上有更多的機會見到鬼的原因
吧？

驚見接陰婆

　　我的一個朋友小玉是在醫院做護士的，二〇〇五年七月八號深夜，她和另一個護士在醫院值班，到了半夜，忽然感到一陣陣陰風，醫院傳來很濃的臭味。據小玉說，當時，和她值班的那個女的不知怎麼回事，就哭了起來，說自己不舒服。

　　大概兩點半時，醫院急診急送一個從樓梯上摔下來的一個孕婦，小玉回憶說，當時，那個孕婦流了很多血！而且在推進產房時，還有一個穿紫色衣服戴著西式高帽的老先生和她面對面的打了個招呼，也就跟著進了產房。（小玉說，感覺那個老先生不是人，倒像個紙人！）

　　小玉遲疑了一下，馬上追了過去，因為產房是不准外人進去的。可是，她進了產房卻找

不到那個人,她趕緊問醫生有沒有看見那個穿紫色衣服的老先生,醫生都說沒有見過!

於是,小玉打電話給我,我當時還以為她太累,太緊張,所以只叫她別理這件事!值好班就行了!

過了很久,裏面忽然傳來大叫一聲,然後就歸於一片寂靜。就在這時,醫院忽然閃了一下電,停了幾秒電又恢復正常。

這時,和小玉一起值班的那個女的,表示頭暈而且聞到一股血腥味,話沒說完就嘔了一地東西。接著,從產房裏走出一個穿著黑色古裝的阿婆,左手托著一把黑傘,右手提著一個鐵桶,桶裏裝滿了冥紙元寶。(小玉記得,那些冥錢是血紅色的。後來,我查書才知道,這是個接陰婆!而且桶裏還裝了個死嬰!)

小玉還以為桶裏裝的都是冥錢,就走了上去,對那個阿婆說,這裏是醫院,不准在這燒冥錢,誰知那個阿婆「呼呼呼」的笑了三聲,動作就像紙人一樣,很快的走下樓梯了!

小玉和值班的那個女護士目瞪口呆的嚇出

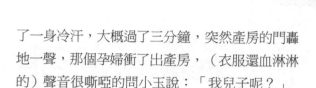
了一身冷汗，大概過了三分鐘，突然產房的門轟地一聲，那個孕婦衝了出產房，（衣服還血淋淋的）聲音很嘶啞的問小玉說：「我兒子呢？」

小玉此時才回過神來，大叫了起來，這時剛好電梯門打開了，那個孕婦就衝進電梯下去了！

聽到小玉的叫聲，醫生們都出來了，問她們是怎麼回事，和小玉值班的那個女護士嚇得臉色發青，低頭啜泣。

小玉說明了他見到的景象，醫生認為根本不可能，因為那個孕婦現在還在產房，只是因為失血過多和胎兒一起死了！

小玉聽到這裡，也因為太震驚而昏厥了過去。這事傳到院長那裡，院長要求查看當晚電梯所有的監控畫面，結果全院都嚇到了！原來，在小玉說的那個時間點（也就是孕婦衝進電梯的時候）電梯裏根本沒有半個人影！不過電梯確實自動開門關門，而且一路下到一樓，而一樓當時也沒有人要搭電梯！

你有見過接陰婆嗎？在醫院裡很容易遇到鬼，你有遇到過嗎？

醫院靈異體驗

　　我的親戚中有很多是在醫院工作的，他們都有自己不同的靈異體驗，有恐怖但也有溫馨。

● 奶奶（醫院裏的資深老護士）

　　那是個沒有星光的漆黑夜晚，我奶奶要去上十二點的大夜班。

　　走進醫院的大門，穿過一片寬闊的草地，就是病房大樓了。奶奶見前面蹣跚地走著一位老婆婆的背影，而我奶奶，那時候是個中年女人，她憐憫地喊道：「阿婆，你走慢點，我扶你走吧！」卻不料，那老婆婆反而越走越快，眼睜睜地看著她走到一個小土堆處就忽然消失了。

　　奶奶不相信自己的眼睛，她左瞧右看，可

是前面分明既沒有樹叢更沒有什麼可擋之物呀？
而那小土堆，也只不過是草地上的凹凸不平之
處。

　　奶奶走過十幾步之後，不解地又回頭再望
望，只見小土堆處立著那老婆婆的背影，手上
卻拉著一個小男孩，匆匆地往醫院大門外走去。

　　上了病房的三樓，迎面聽見一間病房內傳
來陣陣哭聲，進去一問，原來是一個小孩因心
肌炎引發心臟衰竭，搶救不及剛剛死了。看著
病床上孩子的遺體，再想想方才老婆婆手中拉
著那小男孩的身影，奶奶低聲問家屬：「孩子
的奶奶在嗎？」

　　一個女人帶著哭聲說：「孩子他奶奶去年
底就往生了，生前最疼愛這個孫子啊！」

　　奶奶打了個寒顫，匆匆離開了病房。

● 叔叔（在中國大陸當醫生）

　　住在中國北京的叔叔是大醫院的老醫生，
當年他還年輕時「文化大革命」正如火如荼的
進行著，醫院中的老院長被人揪出來批鬥，院

長夫人也被殃及。也許是女人不耐打吧，叔叔親眼看見一根木棒揮向那女人的頭部，倒下後就死了。

畢竟是死了個人，打人者也心虛了，使院長本人得以逃過一劫。而那時場面人多手雜，現場一面混亂，所以是誰一棒打死了院長夫人，當時在場的個個都不承認。大概一個月後吧，一天中午，叔叔從一間病房的窗外路過，無意中往病房內一瞥，見滿屋的人大都在午睡，而有一張病床前卻站著個披長髮的女人，她正撥弄著病人的氧氣瓶。

從她的衣著上，叔叔知道她不是個醫生或護士，而這種醫療器械家屬是不能隨意亂動的。叔叔出聲喝止並快步走進病房，然而只是那一瞬間，病床前並無女人，再看床上的病人，卻已是滿臉青烏，一片屍氣。叔叔喊來了值班的醫生，醫生查了查，搖搖頭說：不久前還呼吸平穩呀，怎麼氧氣瓶開著卻吸不進氧氣呢？

死者是個男人，他老婆哭天喊地著來了。在家屬給他換衣服時，叔叔從他露出的右手背

那一大塊紅斑上，突然記起那天舉起木棒揮向院長夫人頭部的，不就是這雙手嗎？此時才猛然記起，剛才病床前披長髮女人的背影，不正是那冤死的院長夫人！

● 姑姑（大醫院的婦產科醫生）

姑姑上班的婦產科地點，就在醫院裏那幢紅磚樓的二樓。那年年底，因為太平間的停屍床位不夠，醫院臨時決定把紅磚樓底層空著的一間改為臨時太平間，專門停放那些剛剛死去的病人。醫生都是要值夜班的。姑姑的習慣是，進入值班室時把身上的白制服脫下，掛在值班室門前的一根釘子上，然後把門關上，有人敲門就開門應診，無事就一覺睡到天亮。

有一天晚上，姑姑進值班室時因急著要拿東西，就沒把白制服脫了掛在門前的釘子上，而是脫下掛在床頭旁。

睡到下半夜，忽然聽值班室的門被敲得震天響，伴隨著女人焦急的呼救聲，還有娃娃的啼哭聲。

　　姑姑趕緊披上白制服，打開門一看，昏暗的燈光靜悄悄地照著走廊，咦，並沒有人呀？啊，一定是做夢吧！姑姑揉了揉眼，關上門又去睡了。

　　豈不料，剛朦朧中，又聽見房門被急促地敲響，一個女人清晰地呼喊著：「醫生！醫生！快救救我的孩子吧！」而嬰兒的哭叫聲，也一聲高過一聲。

　　姑姑趕緊披衣開門，可是除了迎面一陣冷風外，走廊外仍是空無一人！姑姑忽然想起同事們說，昨天的手術中，一位孕婦因難產，孩子仍在肚中生不出來，來不及剖腹產就母子都死了，同事們說：真慘啊，就停屍在樓下的那間。

　　姑姑不由心中發寒，把值班室的門關上後，再也無法入睡。她開著燈在床上坐著，然而卻再也沒有什麼動靜。

　　天亮後，姑姑把這事悄悄地告訴了婦產科的一位老護士，並說明天晚上她可不值班了。老護士思索了一會兒，告訴姑姑：「沒事，明

晚值夜班時，進房門前一定要記得把白制服掛
在門前。」她說：「年輕人啊，你不知道，那
白制服雖平常，卻是制服，和軍警的制服一樣，
都具有威懾力，是能避邪的！」

　　姑姑聽了老護士的一番話，又因無人和她
調班，只好姑且一試，後來卻真的一夜太平。
從此後，姑姑在醫院裏，身上都一定穿著白制
服！

影視圈撞鬼事件

影視圈拍攝電影時也常常出現撞鬼傳聞，張國榮跳樓自殺前，就曾傳出他拍攝《異度空間》時撞邪，精神出現狀況。中外影圈近年發生撞鬼事件，每一次都引起了不小的話題，以下是最常流傳的幾則：

一，李心潔說拍攝《見鬼》時有一次回飯店沖澡，沖到一半時，房間的電視機居然自己開了起來，讓李心潔當場嚇得要換房間。

二，韓國影星張東健，在某個海灘拍攝電影《海岸線》外景時，一道重達幾百斤，要費力才推得開的道具鋼門，在無風的情況下無故打開。

三，日本女星奧菜惠在《咒怨》試映會上表示她拍片時疑似撞鬼，全身動彈不得，當時

工作人員親眼目睹，並在她周圍大聲的尖叫。另外有一幕在浴室洗頭，出現小鬼手摸頭的場景，她也親眼目睹白色幽靈從旁飄過。

　　四，導演陳國富拍攝《雙瞳》時，工作現場發生各種光怪陸離的景況，更有一位六十多歲的美術工作人員，從五、六層樓高跌下摔斷骨頭，劇組歸咎是一開始沒有拜拜之故。

　　五，三立影視製作的戲劇「臺灣霹靂火」在拍攝一場黑道兄弟殺人放火的戲時，拍攝現場發生攝影師意外捕捉到白衣女子的離奇畫面。

　　六，舒淇在拍電影《幽靈人間》時，一次下戲後突然覺得有東西撞進了她的身體，她要喊也喊不出聲，只覺得身體不像是自己的，她拚命讓自己喊出聲後才知道自己剛才被鬼附身了。

　　七，日本女星酒井法子在拍攝《咒怨第二集》拍片現場，一場動用到祖先遺照的戲，當鏡頭從遺照轉到酒井法子的臉部時，場內的螢幕監視器卻屢屢出現污點，但經過工作人員檢查之後，發現鏡頭根本就沒有污垢。

靈幻古董桌

　　我的朋友老張喬遷了新居，我們幾個好友湊錢給他買了一塊上好的和田玉如意，老張非常喜歡。便將這塊玉如意，擺在了新買的硬木桌上，那個硬木桌，也是老張的心愛之物，是他為了新家不惜砸下重金，從古舊家具市場買來的。硬木桌，整體呈現淡金色，表面光滑，背面掛有茵陳（一種中藥）。

　　當時我們很好奇，為什麼桌子會掛茵陳，就向老張詢問，老張說其實整個桌子是後來拼合的，原本他看中的只有桌面，這是後來麻煩家具店老闆，幫忙拼成的桌子，於是我們便沒再細問。

　　一個月過去了，老張約我們去他家，當我們見到他的時候，發現他整個人都變了，精神

極其萎靡，黑黑重重的眼袋都快垂到肚臍眼了。

　　老張大部分的時間都在自己的床上蜷縮成一團，神情緊張，好像在恐懼著什麼東西，行為舉止極其反常，本來是他約我們來的，卻不和我們說話，只是一個人蜷在被子裡，瑟瑟發抖。

　　我們都很納悶，於是就問他怎麼了，可是他什麼都不說，只是瞪大恐懼的眼睛，看著那個玉如意。我們其中的一個朋友，以為老張要拿那個如意過來，就走過去想幫他拿，可是沒想到，他剛剛拿起那個玉如意，老張就像瘋了似的大叫：「快放下、快他媽的給我放下，我知道了，你們要害我，快給我放下……」

　　我們和那個朋友都嚇壞了，趕緊放下那個玉如意，安慰老張，這時的老張緊緊抓住我們每一個人的手，就往他自己的身上貼，好像怕我們會消失一樣。

　　正當我們對他的舉動不知所措的時候，老張好像又恢復了神志，大哭起來，邊哭邊求，拜託我們帶他走，現在就走，而且越快越好。

於是我們只好帶他離開，把他安排在一位朋友家裡。

晚上，我們問了好半天他到底怎麼了，老張戰戰兢兢的跟我們說，他的新家鬧鬼。我們不信，老張急得都快哭了，說是真的，他說：自從他把我們送給他的玉如意，擺在那張桌子上以後，每天晚上他都會做惡夢，夢裡有一個穿白衣服的人，窮兇惡極的質問他，為什麼拆他的房子，還用東西壓著他，並且揚言要老張用性命賠給他。一開始老張只以為是惡夢而已，可是沒想到，從此之後的怪事是天天發生在他的新家裡。

首先在做完夢的第二天晚上，老張在洗完澡出浴室門的時候忽然看見有一個上吊用的繩套，掛在浴室的門口，他嚇得大叫，一晃神的功夫，那個繩套竟然又不見了。其次是老張夜裡上廁所的時候，在黑暗中隱約看見一個穿白衣服的人坐在那張放著玉如意的桌子上，嘿嘿嘿的陰笑著。老張被這些怪事折磨得再也不敢睡覺，他害怕自己一閉上眼睛，那個夢裡的人

就會來糾纏他。於是在長期緊張恐懼的情緒下，老張的行為也變得有點兒反常。

我們聽老張說完之後，每個人心裡也都隱隱覺得恐懼，但苦於不懂這種詭譎的事件，沒辦法給這整個事件找出一個合理的解釋。

最後還是一位見多識廣的老大哥，提議說老張的種種遭遇都和那件玉如意有關，不如找玉器行裡內行的高人看看，如果是那件玉如意的問題，我們也好對症下藥。

我們同意了，次日便找了本地在玉器方面頗有名望的專家，去老張家鑑定那件玉如意。我們滿以為，專家會幫我們在這件玉如意上找到老張身邊這一個月離奇事件的原因，可是專家看後卻說這件玉如意不是什麼古玉，只是近兩年的作品，還笑著跟我們說，是我們恐怖電影看多了。於是，這件事情又沒了頭緒。

後來不知道我們這裡的那位仁兄，竟然找來了一個風水先生。那位風水先生在老張家折騰得烏煙瘴氣，可是還是沒能說出個所以然來。至此我們也徹底灰心了，就和老張商量，既然

找不出原因，乾脆就把那個玉如意連同桌子一起賣掉，一了百了，算了。

老張同意了，於是朋友找來一個收古舊家具、玉器的人來。奇怪的事情發生了，那個人對那個玉如意很滿意決定買下來，可是當他看到那個放玉如意的桌子的時候，說什麼也不要，連玉如意也不要了。還說誰買誰倒楣，而且勸我們把那個玉如意留著，我們一聽就知道他話裡有話，逼著他問原因，他看我們人多便吞吞吐吐地對我們說，那件桌子的桌面其實是用一塊棺材板改的，幸虧上面有塊玉，不然這個家早就不知道已經鬧成什麼樣子了。

我們聽他一說，當時不信，於是就帶著那張桌子，直接去找原來賣桌子的人。賣桌子的老闆，一看我們來勢洶洶，就說了實話，果真和那個人說的一樣，桌子的桌面原來真的是一塊棺材板。

嚇破膽宿舍

據說，在某大學女生宿舍的洗手間裡，曾經有位女生上吊自殺。

從此以後，這棟宿舍的很多女生在夜裡上廁所時，都會看見一位穿著白衣的女孩。

傳說中的這間洗手間是很老舊的那種，從正門進去，是一個幾坪大的小房間，裡面有一條長長的水槽，水槽上有七八個水龍頭，供學生在此洗衣服。

小房間側面，開著一個小門，小門內是公共廁所，一共有六個蹲位，分佈在廁所兩邊門。全部由水泥砌成，敞著口，沒有獨立的。這天夜裡，某間寢室的一名女生突然內急，又害怕洗手間的傳聞，不敢上廁所。在床上輾轉許久，終於不能忍受，下了床，一個人慢慢地朝洗手

間走來。

　　洗手間內的燈光十分微弱，而廁所裡的燈則早已壞掉，一直沒有修理好。這女生走進洗手間，心裡已經有點忐忑不安，再走到廁所門口時，只見裡面一片漆黑，什麼也看不見。

　　她在門口站了一陣，猶豫許久，終於還是生理需求戰勝了恐懼，大膽走了進去。廁所裡雖然沒有燈，但是她對這裡非常熟悉，便很自然地走上右邊第二個位置，這是她平常習慣使用的位置。

　　從地面到蹲位有一級臺階，由於裡面很暗，常常有人在夜裡走到有人的位置上去，十分尷尬。這名女生在上臺階之前先仔細地朝上面看了看，藉著洗手間內傳來的朦朧燈光，確定裡面沒有人，這才上去。

　　蹲位雖然沒有門，但是設計得十分封閉，人蹲在裡面，外面的人只能看見裡面人的頭部，更何況廁所非常暗，根本看不見其他位置的情況，因此這名女生並不能確定其他位置是否有人。

她蹲下去之後，忽然想起另外一個十分流行的傳聞：在廁所的茅坑裡，會有一隻紅色的手伸出來，找人要手紙。

　　她本不應該在這個時候想起這個故事，但是人的心理就是這麼奇怪，她越是害怕，就越是忍不住要想。

　　然後她立刻低頭朝茅坑裡看去，這廁所非常老舊，茅坑依舊是水泥砌成，並非沖水馬桶還好裡面並沒有紅色的手伸出來。

　　她為了不害怕，便朝她所在位置的外面看去，想看到一點洗手間傳來的光，獲得一點安慰。這樣朝外一看，她最先看到的，自然就是對面的位置。

　　對面位置的情形讓她的心猛地一跳，剎那間迸出了一身冷汗。那裡，從那個位置裡面，彎彎曲曲拖出一道雪白的衣擺，一路拖下來，沿著臺階，鋪成流水般優美的形狀，極其華美自然。

　　這女生立刻忘記了「茅坑裡的手」的傳聞，轉而想起在洗手間裡吊死女生的事情。她緊緊

盯著那幅衣襬，想確定究竟是否是自己看錯了。那衣襬不僅紋理清晰可辨，起伏之間質感分明，顯然絕不是看錯。

「冷靜，冷靜，世界上當然沒有鬼。」她拼命地安慰自己。然後她推測可能是對面有位女生在上廁所，然而這裡存在幾個問題。如果對面確實有人，為何這衣襬一直動也不動？為何在她進來時那人連個招呼也不打？女生們膽子都是很小的，深夜上廁所，能夠碰見同伴，絕對是要打招呼說話以相互壯膽的。

還有，如果對面有人，即使是再不講衛生的女孩子，穿著這麼白的長裙，總該會有一點愛惜，絕不至於任裙襬拖在廁所的地面上而毫不理會。

想到這裡，她頭皮一陣發麻，腦子開始不受控制地胡思亂想，睜大眼睛猛盯著那個位置，生怕裡面會突然走出一個面色蒼白的白衣女子，又或者突然從天花板上垂下一雙慘白的雙腳。

那個位置一片漆黑，除了那幅流瀉的衣襬，什麼也看不見。這女生盯得太久了，脖子有些

發酸，但是她不敢轉過頭去她害怕再次回過頭時，面前突然站著一個人。她就這樣一直盯著，為了消除恐懼，她開始輕輕哼歌。她的歌聲，又輕，又細，在寂靜的廁所內突然響起，反而更加增添了恐怖氣氛。她自己聽得害怕，立刻停住不唱。廁所又重新恢復安靜。

而對面的位置一點反應也沒有，這使她更加肯定，那裡絕對沒有人。

終於解決完生理問題，她慢慢地站起來，目光一刻也沒有離開那衣擺。當她完全站直的那一剎那，那衣擺突然消失了，地面上漆黑一片，什麼也沒有。她嚇得幾乎要立刻拔腿飛奔離開。

但是，她又是個絕對不相信鬼神之說的人，一個人可以不信鬼，卻總免不了會怕鬼，人心就是這麼矛盾真的有鬼這種事情。

她不能接受這謠傳，她呆立了幾秒鐘，又原地蹲了下去絲毫未變。那衣擺又出現了，形狀似乎沒有經過大腦思考，那一瞬間不知從何而來的勇氣，她飛快地從上面走下來，走到對

面位置前，探頭朝裡望裡面空空的，沒有人，也沒有鬼。

而那幅衣擺，自從她走下她的位置後，便再沒有出現。她在對面蹲位前尋找許久，地面上除了濕漉漉的水，再沒有別的東西。

她的勇氣已經差不多消耗盡了，只是她明白，如果今夜不弄清楚這件事，她恐怕以後再也不敢上廁所了。想了想，她又返回原來的蹲位，蹲下去果然，衣擺又出現了。

如此往復數次，她已經可以肯定這是光學的奇妙現象，只是是什麼光造成的呢？

她這樣想著，四處尋找光源。除了洗手間的燈光之外，廁所裡開著一扇窗，那窗很高，幾乎接近天花板，銀白的月光從那裡穿過，她估計了一下角度衣擺就是這樣形成的，彷彿衣擺。

是的，一定是這樣。月光照射時，恰好投射在衣擺的部位，月光攤鋪下來，在臺階上形成彎曲的形狀，只是月光為何會那樣有質感？為何有了月光，廁所裡還是如此黑暗、什麼也

看不清？

　　這女生還有諸多疑問，但是她強迫自己接受了這個說法，匆匆離開廁所。走在走廊裡，被冷風一吹，她驀然想起一件事，最後的膽量在剎那間崩潰，她邁開大步狂奔回寢室，整棟樓都能聽見她劈啪的腳步聲……

　　她想起，廁所裡根本就沒有任何窗口，自從那個女生在窗口上吊自殺之後，窗口便被封死了。

十三歲那年發生的鬼事

　　在我十三歲的冬天的一個晚上，我和弟弟
從姑姑家返回自己家，那個時候還沒有柏油路
都是泥巴路，從姑姑家到家裡步行約須二十分
鐘，可是我們走完這段路竟花了四個多小時。

　　那天天氣很糟糕，我們走了約五分鐘後便
下起了大雨，接著天一下子就黑了，路上一個
人都沒有，走著走著我們發現很遠的地方有火
光，而且還是騰空的。當我們越走越近的時候，
就什麼都不知道了。

　　直到我們回到家的時候，家人都已經找了
我們一個多小時了。當時我的感覺是半睡半醒
的，一副神志不清的樣子，只知道大人把我扶
進了房間……

　　當我醒來的時候，我覺得全身無力！媽媽

問我們到底去哪裡了，為什麼膝蓋上全是泥巴？
我把所能記憶起來的事情都告訴了媽媽。媽媽
說我已經睡了兩天兩夜了，怎麼叫都叫不醒。

我問弟弟現在怎麼樣？媽說弟弟睡到第二
天就醒了。奶奶說是撞見鬼了，我不信，但還
是在大人的強烈要求下去見了我們這裡的「仙
人」。

本來我從不信這個，但是當我親身經歷後。
我不得不信這個世界上真有這種神人存在，我
心中暗暗的想：難道這個世界上真的有鬼，難
道我真的撞見鬼了？

具體的過程是這樣的，我們到了「仙人」
那裡，人很多，他們留下了我的生辰八字，然
後奶奶教我按照他們的規矩上香磕頭（雖然那
個時候我很不情願，但在奶奶的堅持下，我還
是照做了）。

奶奶叫我把手放在簸箕上，那個簸箕沒有
第二個人控制，然後「仙人」對我說：「現在
你的家人可以向我問五個問題，假如我答對了
簸箕就會自己動，要是錯了它不會動半下。」

接著奶奶就開始發問了：「我孫子那天冬至夜裡碰見的東西是什麼？」

「仙人」不假思索地答道：「鬼火」，只見簸箕自己橫向就這麼動了大約十公分，當時我突然覺得自己好像快要暈過去了，頭上馬上冒出來大把大把的汗，因為我自己真的沒做反應，為什麼會這樣，難道這個世界上真有……

天哪！還是冬至夜！大概是奶奶見得多的緣故，她馬上接著問了第二個問題：「我孫子膝蓋上的泥巴是怎麼來的？」。

「仙人」道：「跪」，簸箕動了大約十公分，我的汗也越流越多了。

奶奶又問：「跪的是個什麼地方？」

「仙人」道：「墓地」，簸箕又動了，我的心也越來越沈重，難道他每次都答對了，又為什麼每次他答得都那麼精確。

接著奶奶想了半分鐘左右問道：「為什麼我的小孫子（我弟弟）沒事情？」

「仙人」道：「力所不至，可催不可控！」我當時沒聽懂意思，後聽奶奶解釋，就是說那

個鬼由於能力只限控制我們一個，弟弟被他給催倒了，所以什麼都不知道，當然簸箕也動了。

　　當時的我已經接近崩潰的邊緣，攝氏五度左右的天氣，我已經全身濕透了。沒等聽完最後一個問題，我就昏死了過去！

　　當我醒來的時候我已經在家了，我發現房間的陳設已經改變，本來我的床是靠著窗的，現在已經放在門和窗的中心位置，門口上面多了塊鏡子，奶奶告訴我以後要是晚上一個人的時候碰到有人在後面叫你，不要馬上回頭，自己從一數到十之後再回頭，這樣就會沒事。

　　經歷了這件事情後，我不敢不照奶奶的吩咐去做。不過從那件事情後，我基本上每個星期都會做同一個夢，就是自己在大雨中跪在幾十個墓前，一個蒙著面的年輕女子用極其恐怖的聲音對我說著，我再也回憶不起來的話（好像在夢中時很清楚她在說什麼，可是每當醒來時總是想不起來）。這已經成了常規性的事情了，所以我現在做到這個夢的時候也不怎麼激動，就好像每天刷牙一樣了。

　　有一次忘了奶奶的忠告，晚上一個人走在
回家的路上，有人在背後叫我，我不假思索就
回了頭，結果，夢中的女子在我眼前閃過，之
後我就病了一個星期！

　　從那以後，我只要一到晚上就把奶奶的話
牢記在心！

養屍地驚魂記

大二升大三那年暑假，廖伯伯過世了。廖伯伯跟父親是幾十年的老交情，而我跟廖伯伯的獨子森哥也是從小就玩在一起，像親兄弟似的，所以那陣子我就跟著父親和那些長輩們到他家幫忙治喪事宜，做些跑跑腿、搬搬東西、打打雜之類的事。

廖伯伯去世三天後的晚上，森哥要我到他房裡。

「小隆，我有點擔心。」森哥對我說。

「擔心什麼？」我問。森哥指指桌上，我看見桌上有張紙，上頭寫著一個時間。

「咦？這不是廖伯伯去世的時間嗎？」我疑惑地望著森哥。

「你再仔細看看，」森哥說：「你也懂得

一點，有沒有看出什麼來？」

　　我又看了看那張紙，注意到森哥把廖伯伯去世的年、月、日、時都換算成天干地支，注明在旁。

　　「辛未年？癸酉月？丁卯日？乙丑時？哇！」我看出來了，「全都是陰的！」也就是說，廖伯伯是在陰年陰月陰日陰時過世的。

　　「嗯，」森哥說：「這還不打緊，我最擔心的，是他們找的那塊地，風水有問題。

　　我一直希望晚點下葬，另找一塊好一點的地，可是你知道的，我媽說什麼也不信這一套，她只希望早點入土為安。」

　　森哥沈重地說著，看上去還真的有那麼一點愁容滿面的樣子，不像他平時那副瀟灑中帶點玩世不恭的模樣。

　　廖伯伯和廖伯母這麼多年來一直是非常虔誠的天主教徒，偏偏森哥就是不受他父母的影響，總是對一些稀奇古怪、怪力亂神的玩意兒感興趣，平常我們幾個朋友聚在一塊，最常聊的話題之一，就是聽森哥講鬼故事，他總是有

說不完的故事，而且說得緊張刺激，驚險萬狀。

有一天他偷偷告訴我說，他拜了一位師父，現在他可是位修行人了。問他師父是誰，他卻神祕兮兮地不肯說，問他拜師學些什麼，他說：「三言兩語說不清楚，以後你就會知道了。」

廖伯伯和廖伯母對這個寶貝兒子自然是關懷倍至，但是用盡了各種方法，就是無法「感化」他來相信主，最後也只好由他了。

雖然廖伯伯和廖伯母不強迫森哥信天主教，但是對他滿腦子怪力亂神的那些玩意兒卻非常不能苟同，所以當森哥說墓地風水有問題的時候，立刻就引起廖伯母的反感，當然也就更不會聽森哥的建議另找一塊地了。

我一直以為森哥說他拜師修行是在開玩笑唬人的，因為雖然他很會講鬼故事，可是怎麼看他都不像個修行人，直到我要考大學的時候，就在聯考前兩天，森哥來看我，我對他表示這次考試大概是去「陪考」的，考著好玩罷了，憑我這種爛實力怎麼可能考得上。

森哥對我說了些鼓勵的話，要我別放棄，

然後交給我一個折成小小四方形的黃色紙，要我隨身帶著，連睡覺時也要帶著。我問那是什麼東西，他說那叫「考試必中」符，我一聽差點沒笑出聲來，「符？你還會畫符啊？這玩意兒真有用嗎？」森哥拍拍我的肩膀，一副自信滿滿的樣子，「讓你見識見識本山人的功力，不過你自己不可以放棄啊！」我心想，剩下兩天，放不放棄都無所謂了。

不過既然森哥如此好意，我就不妨照他的話把符帶在身上吧！沒想到我竟然考上了！我那群「狐群狗黨」自然是跌破一堆眼鏡，連我自己都有點不太相信，而老爸老媽在接下來那一個月內更是樂得嘴都沒闔上過。

再見到森哥時，他只是對我擠擠眼睛，然後很輕鬆地說聲：「恭喜恭喜！」從那時起，我才開始有點相信森哥大概真的在「修」什麼「行」吧！至少我知道他會畫符。可是他說廖伯伯的墓地風水有問題，難道他還會看風水嗎？

以前聽他講故事的時候倒是聽過不少跟風水有關的，只聽他蓋得天花亂墜，說了一堆深

奧的專有名詞，反正我們也不懂，他隨便說我們就隨便聽吧！若是平時我一定損他兩句，可是此時此刻似乎不太適合開玩笑。

「你真的認為風水有問題？那你準備怎麼辦？」我問森哥。

「小隆，這件事要請你幫忙。」森哥的態度很認真，我從沒見他這麼慎重過，我自然是拍胸脯保證，兩肋插刀，赴湯蹈火，在所不辭。

「也沒那麼嚴重啦，只是要你把這些東西暫時帶回你家。」

森哥說著就交給我一個手提袋，提起來沈甸甸的。

「什麼東西？」我很好奇的打開手提袋，只見裡頭裝著四個羅盤，就是一般風水地理師用的那種羅盤，另外還有四塊木板，長約三十公分，寬約十公分，上面畫著奇怪的符咒。

「這些是要做什麼？」我問，「你聽好，小隆，你把這些東西帶回家，最好別讓你爸媽知道。

再過兩天我爸就要下葬了，我要你在下葬

那天早上帶著這些東西到墓地來，記住，一定要過了七點之後才可以出門，動身前，在你家大門口把這張符燒了，」森哥又交給我一張黃色的符紙，接著說：「在你去到墓地的一路上，你要注意看看四周，看看會不會見到出家人，或是懷孕的婦人，或是有狗在打架，記清楚了嗎？到時我會在墓地那裡等你。」

「出家人？孕婦？打架的狗？嗯，記住了，可是這樣做是在幹什麼？」我實在很好奇。

「沒辦法，我媽不肯換地，我只好盡力拼一下，不讓那塊地出事。」

「那麼這又是什麼法術？」我問。

「奇門遁甲。」森哥語氣平靜地說，眼神卻相當堅定，有種放手一搏和置之死地而後生的態勢。

「反正你照我的話去做就對了。記住，七點以後才可以出門，但是不要太晚到，那天我們還有事要做。」森哥再次交代。

記得小時候曾看過叫做「奇門遁甲」的電影，裡頭機關把戲不少，打來打去的很是熱鬧，

可是看了半天還是沒弄懂奇門遁甲是什麼玩意兒。

難道像森哥說的，七點過後才出門，路上看看有沒有什麼出家人、狗打架之類的就是奇門遁甲？心裡雖然納悶又好奇，但森哥如此慎重其事，我當然一切照辦。

下葬那天早上，我按照時間帶著那些羅盤和木板來到墓地，森哥已經等在那兒了。

「一路上看到那些東西了嗎？」森哥立刻問我。

「有、有，真的有看到耶！」我覺得真是不可思議，連我會看到什麼都能事先知道。

「好，」森哥說著然後就交給我一把鏟子，「快來幫我挖。」我四下一看，只見墓地的北方和東方約兩公尺的地方都被挖了一個坑，顯然是森哥剛剛挖的。接著森哥叫我去挖西邊的坑，而他自己則挖南邊的。

坑挖好了，森哥就把那些羅盤和木板拿出來，然後在每個坑裡放進一個羅盤和一個畫了符的木板，接著就把這些坑又填了起來，一切

恢復原狀，除了我們兩人，沒有人知道墓地的四周埋了那些東西。

這些事都做完了，我們找了塊空地坐下休息，森哥一直凝視著那塊墓地，久久不語，忽然聽見他狠狠罵了一聲說：「哪裡不好找，偏偏找到這個鬼地方！」

我實在忍不住了，就問他：「森哥啊，這到底是怎麼回事？我們做的這些事到底是在幹什麼？」

森哥說：「我要改變這裡的磁場。」

「什麼？」

「我說過這裡的風水有問題，簡單的說就是這裡的磁場不對勁，所以我要動點『手術』改變這裡的磁場，希望下葬之後不要出事。」森哥說。

「會出什麼事？這裡的風水到底有什麼問題？」我又問。

森哥沈默了一會兒，然後說：「你還是先不要知道比較好，等這件事情平安過去之後，我再好好告訴你。不過，我們今天做的事，你

不要對別人說。」

「這個我知道，不用你交代。」我嘴裡回答著，但心裡癢癢的，因為好奇心沒有得到滿足。

廖伯伯是在那天下午下葬的。在那之後，他家好像也沒發生什麼特別的事，我還是時常會去找森哥，也同時看看廖伯母，陪她聊聊天。就這樣過了約兩年多以後，廖伯母在聊天的時候，開始會說一些奇怪的事，她說近來常常夢見廖伯伯回來找她，並且抱怨著，說什麼熱死了熱死了，外頭的火好大，若不是乖兒子森哥為他蓋了間屋子隔開那些火燄，他早就被燒死了。

又說都沒人幫他洗澡，沒人幫他理髮，他覺得渾身不舒服。還說那房子越來越熱了，快想想辦法。

聽見廖伯母叨叨絮絮地說著她的夢境，我回想起兩年前和森哥做的那件事，心裡隱隱約約產生一股不安的感覺。

我也注意到廖伯母在說這些事的時候，森

哥的臉色微微有變。接下來的日子，森哥又開始舊事重提，極力說服廖伯母將廖伯伯改葬他處，說是因為那塊地真的有問題，廖伯伯在那裡不能安息，所以才會來托夢。當然，在森哥的暗示下，我也努力的在一旁幫腔。

起先廖伯母不答應，拖了幾個月，廖伯母還是一直做相同的夢，再加上森哥和我努力不懈地勸說著，最後廖伯母終於點頭了。於是森哥一刻也不肯耽擱，馬上找了葬儀社的人來到墓地準備將棺材挖出，我自然不肯錯過這個機會，也跟著去了。工人們一鏟一鏟地掘開黃土，棺材漸漸顯露出來，最後完全呈現在眾人眼前。

「開棺！」森哥一聲令下，工人撬開棺蓋「哇！」眾人一陣驚呼，我聽見有人小聲的說：「屍變！」

我看見廖伯伯的屍體，下葬已經快三年了，竟然完全沒有腐爛，肌肉皮膚都還完好，但因脫水的緣故，肌肉緊縮，導致臉部五官有點扭曲變形，牙齒外露，但最駭人的，是屍體的頭髮、鬍鬚顯然在這三年中仍不斷的生長，以致

變得好長好長，手指甲也是如此，不但長得好
長好長，還彎彎的捲起，像藤蔓一般，而手臂、
臉頰等露在衣服外頭的皮膚表面可以看見長出
了細細的白毛。

「動作快！」在森哥的指揮下，工人將棺
材整個抬出墓穴，立即運往火葬場，森哥決定
將屍體火化。

後來森哥和我又回到原墓地，我們要將三
年前埋下的東西挖出來，東南西北四個坑一一
挖開，東西掘出來了，可是一看之下又讓我大
吃一驚，只見當年埋下的羅盤和畫了符咒的木
板，全都變得黑黑糊糊的，好像被火燒過一般，
更詭異的是，埋在東西兩邊的羅盤，剛挖出來
的時候，其中央的磁針是指著東西向而非南北
向，約過了五分鐘之後才慢慢回復成南北向。

森哥仔細的檢視了這些羅盤和木板，然後
我聽見他說：「總算處理掉了，再拖下去，只
怕撐不住了。」

「撐不住？」我問，「那會怎樣？」

森哥瞪了我一眼說：「會鬧僵屍！」

「啊!」

森哥說:「這個地方,在風水學上叫做『養屍地』,屍體埋下去不會腐爛,而受到這裡妖異的地氣影響,久而久之,就會變成僵屍。那天開棺的時候你也看見了,連白毛都長出來了,如果再拖下去,這些羅盤和符咒就擋不住這裡的地氣了。」

微笑的護士

　　那天，有位年輕老師帶著小女孩以及班上所有的小朋友在學校最右邊的那一片大草坪上露營及烤肉，在搭完帳蓬及吃完烤肉後，已經大黑了，老師們應付這麼一大堆活蹦亂跳的小朋友，早就累得在一旁休息了，看著小朋友們還在草坪上玩遊戲。

　　其中，有一個小女孩和她的幾個好朋友突然想起要玩捉迷藏，雖然已經天黑了，可是由於是自己的學校，加上小孩子的玩心，他們就在這裏玩起來了。

　　決定了誰當鬼後，大家便四處躲藏起來了。小女孩和另外一個小朋友很快地一起躲進了草坪旁的廁所內，小女孩和她的同學分別各躲在一間廁所裏，心想著自己一定不會被捉到。

　　躲著躲著，小女孩有點不耐煩了，可是因為怕被發現，所以不敢出聲地繼續等待。後來，一直沒有動靜，因此小女孩決定出去看看，可是這時候卻發現門打不開，她呼叫著和她一起躲進這裏的同學，但沒有任何回應，任她拉開嗓子呼救，就是沒有人前來幫她把門打開，她越來越害怕，卻只能蹲在地上等待。

　　終於有人來了，她聽見了腳步聲及輪椅的聲音……輪椅？小女孩雖然感到害怕，可是她也很機靈地想到，怎麼會有輪椅聲？

　　就當她正在懷疑時，她聽到那個推著輪椅的人走近了，從第一間廁所開始，敲了敲門，然後用很低沈的聲音問：「有人在裏面嗎？」那是一種很令人毛骨悚然的女聲，令小女孩感到害怕，更躲在裏面不敢發出任何聲音了。

　　那個推著輪椅的女子沿著一排的廁所，一間一間地敲門，一遍一遍地問著：「有人在裏面嗎？」

　　最後，終於她終於走到小女孩躲著的這間廁所前了，她一樣敲了敲門，小女孩屏著氣，

可是這次再也沒聽到任何聲音了，小女孩很想出去看看，可是她又很害怕……就這樣，她就在裏面動也不敢動地蹲了好久好久……

最後，她終於忍不住了，試著開門，結果門很容易地開了，可是，門一開後，小女孩險些嚇昏了，因為她開門後看到一雙懸空的腳以及一輛飄在半空中的輪椅，她在廁所中抬頭一看，一個穿著護士服的女子，推著一個坐輪椅的老婆婆，兩張陰沈的臉都是笑著從上面看著她……看了一夜。

原來，這所學校以前是一所被火燒掉的醫院。

錄音室惡靈祭

　　我是一名實習的電臺ＤＪ，名叫櫻靈子，雖然是在電臺裏工作，但是到現在都沒有機會用電臺那些先進的錄音器材。

　　聽我一位朋友阿斌說，在電臺附近的山頂上，有一間很久沒有人用的錄音室，於是，我就與阿斌打算去這間錄音室看看，並約好在下班後一起去。

　　我們下班後，就來到這間錄音室，這裏的儀器很殘舊，估計起碼十年多沒有人用過了。進去後發現一部以前電臺用的錄音器材，我接上了電源，想不到還可以用，我就意氣風發地試音，一時之間玩得不亦樂乎。

　　很快已經晚上十點多了，終於錄好我們自己編製的節目，但在試聽時發現聲音頻率變了，

可能是錄音器材的關係吧，但在後來發現多了一段不明來歷的錄音：「這是一段受了詛咒的錄音，接收到的人，將會死得很慘。」

後來的聲音很沈，完全聽不到，只知道好像是少女的聲音，但就聽不清楚了。到了十一點，我們就回家去了。

第二天，阿斌打電話給我，約我在今天晚上七點，在山頂錄音室門口等。下班後我就來到錄音室，但等了半個小時，都沒有見到他，我就直接進去。

進去之後，我發現答錄機打開了，上面有一段留言，是阿斌的留言：「櫻靈子，快點離開，快、快點……這裏呀……」發生什麼事，阿斌來過這裏，叫我快點離開？為什麼呢，不是他約我在這裏的嗎？

我一直在這裏待到十點鐘，都沒有見到他，我想起了昨晚這段留言，詛咒的錄音？接收到的人將會死得很慘？這段留言的少女是誰呢？但怎樣都聽不出她說什麼。

不知不覺到了十一點多，我終於忍不住要

離開，就在我正要離開時，發現一個黑影閃過，是誰呢？這瞬間感覺很冷，於是我就馬上回家了。

到了第三天，是星期天，電臺休息，我就去找阿斌，但他的家人說阿斌昨天下班後，就沒有回家。到底他去了哪呢？晚上，我又來到山頂的錄音室。

天呀！在答錄機前面的是我的好友阿斌，面色很蒼白，沒有了眼珠，他已經死了，而且死得很慘，屍體腐爛的很快，還有老鼠和蟲在咬他。

到底是誰殺他的？難道是這段詛咒的錄音？不可能！我不相信世上有詛咒的，不過確實應驗了，但我就是無法相信。

我打手機問朋友這間錄音室的事，可惜沒有人知道。後來我打去問一個記者朋友，她說這間錄音室在十二年前，是一間錄鬼怪故事的電臺，後來有位女錄音員被同事強暴，在錄音室裏上吊自殺，聽說在她上吊前留下一段詛咒的錄音。之後在這裏工作的人都離奇地死亡，

而且死狀慘不忍睹，從此之後，這裏就被稱為被詛咒的錄音室。

突然，播音器自動開了，有一個少女的聲音，很淒厲，使我毛骨悚然：「我要詛咒所有的罪人，我要向世上所有罪人復仇。只要你聽過這段錄音，我一定會來找你，會帶你去我棲息的地方。」

很冷，這一剎那我覺得很冷，全身動彈不得，在後面好像有個黑影一步一步地向我逼近，我轉身一看，媽呀！一個五官殘缺女鬼，只有一張蒼白的面孔和一雙目露凶光的眼，她的頭髮很長，還發出陣陣惡臭。

我是否在做夢？她的眼神告訴我，我將會和阿斌一樣，會死。

後記：警方後來在山頂發現兩具人骨，化驗之後證實大約死了三個月，主要被蛇蟲腐食，所以腐爛得很快，已發出嚴重惡臭。經過查證，其中一個人是電臺ＤＪ阿斌。

山村水鬼

　　五月，小雨還在下著，整整下了一個月的
雨了，直到現在都沒有停的意思。

　　這個偏僻的小山村在這次雨季之前，已經
連續三年乾旱了，那條乾得出現裂縫的小河又
漲滿了水。

　　第二天雨突然停了，太陽出來了，暖暖的，
唯一漂亮的就是那條小河，孩子們很想去河邊
玩耍，可是大人們卻不准大家去，他們說那條
河不乾淨。

　　臭蛋是一個非常調皮的小男孩，他和奶奶
一起住，一年前他的父母說要出去闖一闖，等
闖出些名堂來再把他們接走。

　　雖然他都上小學了，可是老師管不了他，
同學們也怕他，一句話不愛聽他就會揮著小拳

頭打人的。

　　男孩子們都愛玩水，臭蛋更是喜歡的不得了，他從四歲起就和爸爸在這條小河玩水，也不知是什麼原因大人們就再也不讓他下水了，只有白天幾個婦女結伴洗衣服，後來小河就鬧乾旱了。現在河裏又有了水，臭蛋無論如何也要玩個夠，雖然雨停後的天氣並不是很熱但在水邊玩也很過癮。想到這裡，臭蛋拿起書包裝好吃的就走了，奶奶還很高興，因為這是臭蛋第一次不用別人催就去上學。

　　當然他是朝學校的反方向走，他進入了那片小樹林，因為很多樹比較耐旱沒有死，所以小樹林非常隱密。

　　走了不知多久，他看到了那條小河。

　　「今天天氣不錯，也比較暖和。」說著臭蛋走到了河邊，對著河面照著自己那張還沒洗的小臉蛋。

　　突然他看到了一張不屬於他的臉，是個女人的臉，啊不，還有幾個小孩子的臉，她們口中和眼中都流著血。

「啊……」臭蛋大聲喊叫。再壯足膽子低頭一看，水中明明是自己的影子，「原來是看花眼了。」臭蛋雖然這麼說著，但心臟還是狂跳著，風很小，河面很平靜，

過了一會兒，他的心也慢慢平靜了下來。

忽然他看見小河裏有很多魚，「咦，這條河裏有這麼多魚。」

說著臭蛋捲起褲管，下了水，他感覺腳下踩到的東西軟軟的圓圓的，心裏不禁一抖，透過清晰的小河，彷彿看見自己正踩在一顆人頭上。這時突然颳起了大風，大片大片的黑雲迅速聚集起來，臭蛋開始害怕了他想回家，可是這時一條大魚游到了腳下，臭蛋想都沒想伸手抓了過去，一下就抓住了，他高興極了用力將它拉出水面，啊……他抓到的不是別的是一顆人頭，那人頭面目猙獰眼口流血，斷了的脖子上也流著血，臭蛋在暈倒前的那一刻將頭扔掉，他看到河變成了一條血河……

「臭蛋、臭蛋！」奶奶一邊哭一邊喊，別的小孩都放學了可是臭蛋還沒來，一問才知道

他今天根本就沒上學，由於經常蹺課，老師也沒注意。

「您別哭！我去找！」春樹是一個血氣方剛的年輕人，自從臭蛋父母出去之後是他一直照顧著臭蛋和他奶奶。

「好，好，春樹你一定要把他找回來。」

「放心吧！」說完，春樹拿上一捆麻繩、一壺酒和一把剛磨好的刀出發了。

春樹沿著河邊直走，這時吹來一股陰風，春樹打了一個哆嗦喝了一口酒壯膽，走著走著天就全黑了，突然河中央出現一點藍光，接著聽到一個小孩的喊叫聲「救命啊，救命啊！」聲音中夾著一些呻吟，但他聽得出是男孩的聲音，難道是臭蛋，可是轉念又一想，臭蛋會游泳而且技術很好……接著呼救聲更大了，好像就在耳邊。

不，他真的到了岸邊，「救……命……啊！」

聲音拉長而沙啞，春樹不覺心裏一顫，急忙上前拉住小孩的手，「呵！」小男孩慢慢抬

起臉來。

「啊！」春樹失聲叫喊，那是一張藍色的發著光的臉，口中流著暗紅色的血，一股臭氣竄出來，「鬼、鬼、鬼」春樹大叫著，水鬼一口咬住他伸過去的手腕，春樹急忙拿出身上的刀劈了過去。

一刀兩刀三刀，水鬼鮮血直流倒了下去。然後河水變成了血紅色，帶著一股腥味讓人想吐，接著無數雙手從河中伸出，「啊！救命啊！」春樹大叫著但卻動彈不得，接著一陣暈眩就什麼都不知道了。

「春樹、春樹、你快醒醒！」臭蛋奶奶大叫著，這是第二天早上的事情了，幾個小伙子在河邊看到了他，他左手腕流著血，兩隻眼睛直直望著前面，但他並沒有斷氣，而是一直的驚恐的望著前方，眼睛瞪得大大的讓人發毛。

「唉！一個多好的年輕人，一夜之間就成這個樣子！」眾人真是感到惋惜。

「阿桑、阿桑，你們家兒子媳婦回來了。」同村的老張一邊叫一邊跑，「那真是太好了，

春樹，大娘過一會兒再來看你。」

　　說完臭蛋奶奶急步往家裏走去。

　　「什麼，您說什麼！」鐵根不敢相信，他擔心的事情發生了。

　　「我對不起你們，把孩子看丟了。」臭蛋奶奶一邊哭一邊說。

　　「不，是注定的，是命。」說完鐵根一邊抓著頭一邊蹲下，臭蛋奶奶被兒子的話嚇到了，這時鐵根接著說：「事已至此，我就老實說了！在娶秀玲之前，城裏來了一群男女到咱們山裏考察，我向他們介紹這裏的情況，由於上山路滑，一個叫張豔豔的女人跌下坡，我不顧一切衝下去救了她，考察隊走的時候她留下來了，說是在這好好養傷等傷好再走，她就住在村頭的小茅屋，平常我就去幫她忙，我鐵根雖說是個粗人但也知道她那種眼神和看別人就是不一樣，可是我自認配不上她，也就傷了她的心，然後就把她送出山去，不久後我便忘記了這事。後來成了家又有了臭蛋，誰知她又來了，懷中還抱著一個男孩，她說是她還未到家時，在路

上被人糟蹋了，她一直埋怨我當時沒留她。

她想讓我娶她，可是我又一次拒絕了，不過我說我願意像照顧親妹妹那樣照顧她，沒想到，隔天她就跳河了。」

「注定的、注定的！」奶奶無奈的說。

「我去找她，我要她放過臭蛋。」秀玲憤怒的說……

秀玲不顧家人的反對偷偷走進了樹林，她渴望找到兒子一家團聚，到了河邊已是晚上，天上沒有一顆星，風也漸漸大了，她對著河大聲叫：「放了我兒子，他沒有錯。」

她聽到自己的聲音，是那樣淒涼又是那樣堅強。

「現身吧，該是了結的時候了。」見到沒有動靜，她再一次大喊。突然狂風大作，樹葉斷開嘩嘩的往下落著，河面波浪一層一層。接著，一雙大手落在了她的肩膀上。

「是誰？」秀玲大聲喊道：「是我，鐵根。」原來鐵根猜到她一定會來，所以一直跟著她。

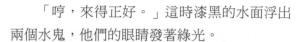

「哼，來得正好。」這時漆黑的水面浮出兩個水鬼，他們的眼睛發著綠光。

「還我兒子！」秀玲救兒子的決心戰勝了恐懼。

「想的美，要不是你，我的生活該多好，你這個臭女人，我想殺的就是你。」只見河中央的水慢慢凝聚並向上旋轉，不一會兒，便成了一個大柱子的形狀，「受死吧！」說完只見這個水柱向秀玲撲來，「啊！」秀玲一驚，此時鐵根猛的把她推開，「要殺就殺我吧，和她沒關係。」就在這時，張豔豔將水柱及時收回，但她已經原氣大傷，她萬分悲痛的說：「沒想到你肯為她去死。」

鐵根定了定神說：「我們的恩怨不要牽扯到其他人，他們是無孤的。」

「鐵根我要是想殺你，剛才就不會收回功力大傷原氣了，我是愛你的一直都是，看來我失敗了，我爭不過她，你心裏根本沒有我，不過我現在原氣大傷，希望你能為我們母子倆超度亡魂，能夠再度輪迴……」

　　晚上回到家後，秀玲和鐵根看見自己的寶貝兒子安然無恙，心裡非常感激張豔豔，而此時春樹也恢復了神智，那條小河又恢復了活力，小孩們每天都去玩水。

　　鐵根沒忘記張豔豔的要求，他一直都認為是自己害了他們，他請來最好的法師為他們超度。

　　幾天後他做了一個夢，夢見張豔豔帶著她的兒子對著他笑，並告訴他，他們就要投胎了……

電梯十大禁忌

①現代電梯都是採用的不銹鋼箱體，表面光亮，尤其是夜裡單獨乘坐的時候切記不要凝視自己的影像，據說持續五秒鐘以上的凝視會見到可怕的東西。

②愛化妝的女士要注意了，在電梯裡千萬不要照鏡子，道理和①一樣。

③如果在你即將進入電梯的時候，發現裡面唯一的一個你不認識的人低著頭，但是凝視著你，千萬不要進電梯，藉口按錯了等下一趟吧！據說那個人就是鬼。正常人掃一眼，就會把視線轉移。

④和③差不多，當你一個人在電梯裡的時候，發現進來的是一個你不認識的人低著頭，但是眼睛凝視著你，你要趕快走出電梯，千萬

不要在裡面停留，道理和上面是一樣的。

　　⑤如果你不幸遇到了③或④的情況，那麼一定要記住，如果對方問你幾點了，千萬不要告訴他，據說那就是你的死期。找別的藉口說我沒帶錶或者說錶停了。

　　⑥和情況⑤差不多，在電梯裡忌諱問別人時間，那容易讓人誤解，同時如果真有鬼在身旁，告訴你的時間就是你的死期，切記。

　　⑦女士和另外一個陌生男人站在電梯裡，記住千萬不要站在那個男人的身後或者被那個男人站在身後，你應該與那個人的併排站著，據說不管是惡鬼還是惡人都擅長從背後或者面前襲擊人。併排站著，比較容易自我防衛。

　　⑧女性單獨乘坐電梯如果突遇停電，不要慌張，千萬不要使用打火機照明，尤其是在冬天，在那種環境下等於引火自焚。按下呼叫按鈕等待救援；如果呼叫鈕傳來的聲音問你幾個人，千萬不要說一個人，那樣等於引狼入室，因為你不知道電話那頭是誰的聲音。

　　⑨如果電梯開門後不在正確位置，而是露

出一半地面，不要貿然爬出去，按下呼叫按鈕等待救援，據說事故往往發生在你爬出的過程中。那時電梯會突然掉落或者提升，把你活活擠死。

　　⑩如果進入電梯發現裡面只有一雙鞋，千萬不要進去，據說鬼就站在那裡，只是你看不到而已。

永續圖書線上購物網　　讀品文化事業有限公司

WWW.foreverbooks.com.tw　　　　　　　　　　yungjiuh@ms45.hinet.net

幻想家系列　40

靈界同樂會

編　　著	鬼古人
出版者	讀品文化事業有限公司
執行編輯	廖美秀
美術編輯	姚恩涵
內文排版	王國卿

社　　址	22103　新北市汐止區大同路三段 194 號 9 樓之 1
	TEL／(02)86473663
	FAX／(02)86473660
總 經 銷	永續圖書有限公司
劃撥帳號	18669219
地　　址	22103　新北市汐止區大同路三段 194 號 9 樓之 1
	TEL／(02)86473663
	FAX／(02)86473660
出 版 日	2015年9月

法律顧問	方圓法律事務所　涂成樞律師
CVS代理	美璟文化有限公司
	TEL／(02)27239968
	FAX／(02)27239668

國家圖書館出版品預行編目資料

靈界同樂會/鬼古人編著.
-- 初版. -- 新北市：讀品文化，民104.9
面；　公分. -- (幻想家系列；40)
ISBN 978-986-453-007-6(平裝)

857.63　　　　　　　　　104014072

讀好書品嘗人生的美味

靈界同樂會